U0894825

小碎步也可以光芒万丈

沈诺夕 主编

改 变 世 界 不 用 大 刀 阔 斧
小 碎 步 也 可 以 光 芒 万 丈

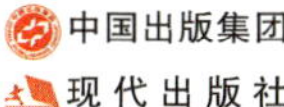

岁月的洪流最终会将我们推到某处，

也许仅仅是赐你一片荒山，那么就请在荒山上顽强扎根，

将它打造成期许已久的世外桃源。

每个人都是带着使命来到人间的。

无论我们多么的平凡渺小，多么的微不足道，

总有一个角落会将我们搁置，总有一个人需要我们的存在。

未来的路还很长，不要忘了当初为何而出发，

是什么让你坚持到现在，勿忘初心。

青春，是一场盛世的繁华，

愿不倾城，不倾国，只倾我所有。

生活总要有新的篇章，你可以拿昨天来做注脚，

却不该复制昨天的故事，粘贴在今天的书上。

目录
CONTENTS

第一章
生活无法洗白，五彩斑斓是它的本色

第二章
不曾灿烂的日子，等待会荒废时光

第三章
我们都需要时间，成为更好的人

第四章
原谅时光，记住美好

第五章
世界如此温暖，没有人被排除在外

第六章
每个小碎步也可以光芒万丈

第七章 像少年一样，凌风而舞

仅仅活着是不够的，

还需要有阳光、自由和一点花的芬芳。

一直活在那段青春的岁月里，

我们谁也不会释怀曾经走过的所有的幼稚和悲欢离合。

只有勇于去拾掇岁月里的点滴，

才会让我们的生命在激情洋溢里前行。

有很多这样的时刻，我们惊心动魄，

而世界一无所知。我们翻山越岭，而天地寂静无声。

人生说到底，是一场一个人的战争。

一个人总是仰望和羡慕着别人的幸福，

一回头，却发现自己正被仰望和羡慕着。

其实每个人都是幸福的，

只不过是你的幸福，常常在别人眼里。

人生的转折很多时候是有预谋的，

我们在不停寻找一个开始的时候，

其实它早已经把虚掩的一扇门推开了一个小缝，

等待你看见那丝透过来的阳光。

前言
PREFACE

曾经荒废的时光，没时间遗憾，唯有追逐和改变。

最痛苦的不是失败的泪水，而是不曾努力的懊悔；最大的悲哀，是迷茫地走在路上，看不到前面的希望；最坏的习惯，是苟安于当下生活，不知道明天的方向。

生活，都有“刁难”这个副产品，它会一次次击溃那些曾经炙热的梦想，显现出丑陋、狰狞、无情的一面。

在生活的大幕上，刁难最初似乎是一种伤害，但后来，却成了成全。因为，每一个被生活刁难过的人，知道了怎样与这个世界周旋或相处，也懂得了，生活有时候是一门妥协的艺术。

被刁难的时候，要学会一笑而过。到后来，你会发现，没有比笑着活过，更通达更通透的活法了。

生活同时也有时间这副良药，所以要等，等到春天过去，灿烂平息，到雷霆把你轻轻放过，到幸福不请自来，才笃定，才坦然，才在街头淡淡一笑。

原来春有春的好，春天过去，有过去的好。你终会笑纳那些不能实现的梦想，借当年义无反顾的热血来鼓励眼前焦头烂额的自己。

将不幸变成有幸，是生活给你的最好的礼物。

你见过蚕蜕皮的样子，你以为那是会疼的。而现在，你将孤独的一面翻转，将胸膛向世界敞开，你知道自己错了，原来蜕变是种温暖的自由。

每个人都会有一段异常艰难的时光，生活的窘迫，工作的失意，学业的压力，爱得惶惶不可终日。挺过来的，人生就会豁然开朗；挺不过来的，时间也会教你怎么与它们握手言和，所以你都不必害怕。

生活中，你总是忽略了那些，让你感到异常幸福的微不足道的小事，它们能把你的生活照亮。

例如在某个闲逛的下午，你在旧货摊上发现了童年时珍爱的某个玩具；或者是某只牵着你，让你感到温暖的手；或者是某个意想不到的电话、某一句甜言蜜语；又或者一个简单的爱的抱抱……

记忆中的事件虽然林林总总，各不相同，但都谱写着共同的主题——爱与温暖。

没有人知道，灾难会在哪个夜晚降临；也没人能预料，末日会在哪刻突然出现。所有的后知后觉都是源于不懂珍惜。未来也许会更好，也许没有，但家人、亲人、爱人却已是此刻的全部。

有一天，你终于成长，独立面对世界，体味生活艰辛。你曾委屈、遭遇挫折、经历失败，痛恨过这个时代，也想过放弃。

但当你想到爱你的人，想到他们因为你而拥有的担当和坚强，你便重新拥有了力量。在爱和温暖中沐浴过的孩子，都不会太绝望。

生活就像过山车，你可以在每次颠簸的时候尖叫，也可以高举双手享受整个过程。感谢那些一无所有的时刻，成全了青春里的骄傲。

青春，只是在路过你的人生路口时，过了把瘾而已，走过了，不必感伤。它的消逝并不可怕，可怕的是失去了勇敢地热爱生活的心。

所有的磨炼换来的都是成长，所有的忍耐都将在日后的某一瞬间全部弥补回来。命运没有绝对公平，别担心也别急，顺应流年，并不断努力。

愿你不再蹉跎。抱有千种期许，但至少播种一个开端。不必发狠，不求看穿；不必渴求同路与照看。在暗无天日的岁月中学会苦中作乐，一如既往地相信生活。

时光是一种无形的杀手，正在悄悄地毁灭着生命。

你原地不动，就只有等待冰雹击穿你了，

而为自己争取一下，也许前方就是风雨之后见的彩虹。

第一章

生活无法洗白，五彩斑斓是它的本色

每个发生在你身上的事件都是一个礼物，只是有的礼物包装得很难看，让你心怀怨恨或是心存恐惧。所以，它可以是一个灾难，也可以是一个礼物。

如果能带着信心，给它一点时间，耐心、细心地拆开这个惨不忍睹的外壳包装，你会享受到它内心蕴含的丰盛美好，而且是精心为你量身打造的礼物。

我常常把世界想得太好或者太糟，
也常常把人想得太精或者太笨。

一切没有我想得那么美妙，
也没有我想得那么不堪。

可能我未曾准确丈量生活的好歹，
也没找到正确的姿势，以及选好看世界的角度。

别让未来败给了想象

亲爱的自己：

总把后果看得过于严重，难为了自己。

就像小学时考了不及格，站在家门口不敢敲门，
其实门那边是热气腾腾的饭菜和妈妈的一句
“没关系啊，下次好好考。”

回过头来看，那些曾经让你寝食难安的事，大多败给了想象。

有时候我们会问自己，如果知道了结局，自己是否还有勇气走下去？正如观看一部电视剧或者电影，如果已经知道故事的结局不如自己预想的美好和团圆，是否真的有勇气继续看下去?

小时候，我们喜欢看悲剧，喜欢那些凄美到让人落泪的结局，以为那就是传说中的刻骨铭心。长大后的我们，忽然变得脆弱不堪，再也不能承受悲剧带来的撕心裂肺，转而喜欢一切大团圆的结局，无论这种团圆是否真的可以实现。

有时候，我们靠在恋人的肩膀，常常会莫名地伤感起来。此时此刻，想要全心托付的这个人，究竟能够陪我们走多久。想象多年以后和他失散的样子，彼此都有了另一半，慢慢老去，平平淡淡，柴米油盐。

偶然相遇时，那些温暖的日子，还能记得多少？有时候，真想对他说：请你不要在我忘记你之前忘记我。

有时候，我们会担忧未来，会流落到哪个城市，拥有怎样的人生，今日的努力是否真的有用，曾经历的苦难是否真正让我们

我对过上自己喜欢的生活样子重新理解便是把今天过好。

这意味着既不辜负亦不蹉跎时光，换个姿势态度围观这个世界，

因为能把今天过好这也是我在努力活成自己喜欢生活的一部分。

希望你每天那么忙，做的每件事都是自己喜欢的，

希望你爱的人也一样爱着你，希望你讨厌的人都消失在你视线里，

希望有一天，你的笑容全都发自内心。

收获了成长。

我们是否能够拥有想要的生活，能够安心从容的面对人生，苦难或欢乐，而不是与大多数人一样，混沌、迷茫，迷失在这五光十色，纸醉金迷的大世界中。

我们也曾梦想过，如果能够预知未来，是否会活得轻松一些，少走一些弯路。

或许会知道，我们终将与谁牵手度过一生，免得有一天，我们擦肩而过却未曾相识，免得我们相识很久却从未认真观看对方。

免得我们用太多太多的时间去和有缘无分的人纠结，然后受伤，免得有一天，我们终于牵手，心中却带着别人留下的不能复原的伤口。

或许会知道，我们终将拥有怎样的人生，过着怎样的生活，谁会成为朋友，而谁又只是路过，究竟有哪些梦想能够实现，也终于不再胡乱做些永远也无法实现的梦，永远也没有回报的努力。

夜晚的城墙下，卸下了铠甲，

我抚摸着内心的小孩，告诉他：

你不必成为一名战士，只需要做一个，真实而温柔的人。

青春，离别与相遇，

我们在别人的故事里出出进进，

捕捉自己的心情，演绎着无可挑剔的悲欢。

如今的我们常为这些无法预知的未来而忧心忡忡，害怕选择，生怕一次错误的选择会将自己推上一条错误的无法回头的道路。

直到一天，在心里默默地问自己，如果能够预知未来，我们真的会比现在快乐吗?

或许，一切未知才是生活真正魅力的所在。如果真正知晓未来，或许我们将不会再为生活认真的拼搏，不再努力，不再有梦想；不会再为身边优秀的人动心，不会期待邂逅美丽的爱情，不会对身边的爱人如此真诚的爱恋，努力地想要认真共度一生。

或许年轻人与成年人、老年人相比，最大的财富，就是这些未知，因为这些未知，我们才有权利去创造自己的生活，才会拥有更多的热情，更多的勇敢，更多的梦想与动力。

未来依旧一切未知，却忽然觉得，年轻真好。

“或许”，因为有那么多事情还未发生，那么多不同的结局，我们才有说“或许”的权利。（烨子）

我和很多人一样，爱说最好的时光不再，
转过 10 年后，却想起 10 年前。

在最好的时光里，我们忙着恋爱、受伤，
忙着被折磨，也折磨别人，
终于，在寂寞与孤单中，把这最好的时光耗尽。

时过境迁，坐在夜晚的青灯下，
说，原来那是我最好的时光，人生无非如此。

我喜欢宠辱不惊的生活

亲爱的自己：

或许我们应该重新审视生活。
一生中，虽然能照进心房的阳光也就那么一缕，
能浸没鼻腔的芬芳也仅那样一束，可你别忘了背景。

夜空中的星星尽管只剩一颗，也有天幕在承载，
独有的香气尽管只有一束，也有空气传送，
你会寂寞、孤单，但别忘了还有它会一直陪着你，它叫生活。

生活并没有我们想象中的那么美好，但也没有我们想象中的那么糟糕。

我喜欢这样的生活，在阳光明媚的日子里，和几个朋友，骑着自行车，在路上，没有目的地。不知道前面会遇到什么，错过什么，但是内心却是充满期待的。

最美的风景在路上。人生大概就是这样子，永远在路上，不停地行走，充满未知与期待，累了就停下来歇歇，歇够了继续往前。

我喜欢这样的生活，在闲暇的日子里，听着广播或者音乐，写着喜爱的文字，耳机里传来悦耳动听的声音，总能给我一种无法用只字片语来表达的触动。不急不慢地书写着，那些我喜欢的，或朴实或华丽，一起都可以跃然纸上。

这是关于我的生活，哪怕只有一点点也是日后美好的回忆。那感觉是别人不能体会到的，或喜或悲只有自己知道。

我喜欢这样的生活，没有太多的纠纷，己所不欲，勿施于人，大度宽容地对待每一件事，每一个人。不会因为别人的某一缺点而瞧不起，也不会让别人瞧不起自己。

我喜欢这样的生活：家人其乐融融，没有太多的争执，有说有笑，什么事情都可以商量，什么烦恼都可以向家人倾诉，他们可以给予支持和理解，而不是无论我做什么都觉得不对。

我喜欢这样的生活：和我爱的人，还有爱我的人手牵手一起去追赶太阳，看日出日落，到海边踏浪、捡贝壳。他陪着我，我陪着他，到我想去的地方，吃着每个地方的独特小吃，欣赏着不一样的美景，见识着不一样的风土人情。

或许太理想化的爱情无法触及，但我只是喜欢，简单的生活格调，简单的幸福着。

我喜欢这样的生活：在任何时候都不需要小心翼翼的伪装。在脆弱时不需要假装很坚强，在刚强时不需要假装很柔弱，想哭就哭，想笑就笑。

我喜欢笑，毫无顾忌地笑，不要问我为什么总是笑，因为，或者我觉得此刻的生活是甜的，或者别人说的话很幽默，或者只是因为我想笑，也或者我也不知道为什么，就这么简单。

我喜欢这样的生活：有着稳定的工作，可以养活自己，也可以给爸妈零花钱，就好像小时候爸妈给我零花钱一样，只是转换了角色。

在工作之余可以多出去走走，做一些自己喜欢做的事情。爬山、游泳、散步……只要有时间不怕没事情可做。

我喜欢这样的生活：有些是过去时，有些是进行时，有些是将来时。或许这样的生活太理想化，永远都无法实现，但是即使是无法触及，我依然喜欢。

就好像喜欢一个人，即使他不喜欢我，我依然爱他，谁也无无法阻止爱，深深的爱上他；也好像我爱吃青菜，即使有些人不喜欢吃青菜，我依然喜欢，就是这样一种执着的喜欢。（羊哥仙仙）

总觉得自己还小，还能贪婪地享受所有美好。

后来惊讶地发现自己不知从何时开始，
看得清糖衣里的炮弹，读得出微笑后的杀机，
也懂得逢场作戏，去面对好多自己不曾想过要面对的事。

表面上人畜无害，握紧的拳头却一直在身后未曾松开。
那一刻，我终于承认了成长这回事，只是不知是好是坏。

世界纵然浮夸，生活却如此真实

亲爱的自己：

你从最初的年少轻狂，到如今内敛静默；
从独自生活的凌乱，到如今能把自己照顾得很好；
从最初的恋恋不舍，到如今的彻底遗忘；
从爱得奋不顾身，到如今小心翼翼。

时间是一剂药，在疗程里，你会慢慢变成另一个人，
只愿痊愈后，没有变成最初自己鄙视的那个模样。

时光像洪水猛兽一样，摧毁身边很多的美好，留下心底最真实的疼痛。当青春不胫而走，那些当初被我们铭记的东西都在流年的脚步中匆匆遗落，然后一点点地被人生的尘埃覆盖。

转眼间，许多年过去了。端详现在的自己，就像是一个新生的婴儿一般，被时光这架机器打碎、整理。

没有任何的征兆，所有的一切都来得如此突然，那段甜蜜又美好的青涩开始渐行渐远，而我也蜕变成了另一个自己。

生活就像是一把刻刀，俨然抹平了我身上所有的棱角，成长的花，也在我的心头绽放。

经历了很多的人与事，恍惚间觉得自己真的成长了。可是当我拼了命地回头整理那些成长的痕迹，却没有发现一件可以让我倍感温暖的东西，反而徒增了许多的伤感。

过去就像是一本沾满了尘土的大书，翻多了会迷失我们的眼，我开始怀念那些散落在风中的过客，遗失在角落里的青春。

泪水不知不觉从我的眼角溢出，就像是沙滩上被海浪轻抚的脚印，在时光的沼泽中越发的明显。我们只能看着时光在手掌中溜走，看着岁月如风般轻抚而来，不留痕迹。

谈起过往，内心总会油然而生出一种说不出的失落。在这个熟悉的世界面前，内心开始充斥着一种迷茫与彷徨。

生活的脚步依旧匆匆，光影里单薄的温暖残存在我的手掌，记忆里的青春，游走在梦与现实的边缘。

虽然我从不来去刻意留下什么，但时光一路疾驰，那段青春的执念，已然在我的内心风生水起。

当时光的列车再次把我拖入一个崭新的殿堂，我站在青春的末梢对着老旧的时光慢慢回望，恍惚间觉得那些美好又甜蜜的时光是否真的存在过。

也曾不止一次地问自己，为何会如此怀念过往的人，还有经历的事。也许是因为曾经太过唯美，如今太多的无奈，又或许只是想独自在安静的地方，细数那些慢慢失去的东西而已。

人生不过如此，一切似乎都在冥冥之中被安排，有些东西接踵而至，有些熟悉的人不告而别。青春，如此地单薄，就像是流年里一场盛大绝美的烟火，易碎又那么容易凋落。

我终于明白了许多，明白了流年的匆匆，明白了人情的淡薄，明白了成长就是用孤独来演绎自己独特的剧情。人生总会离别，年华总会老去，只愿岁月静好，我们如初。

有许多场相同的戏剧，在生命中循环的上演，我们既充当着主角的喜悦，又承担着配角的辛酸。青春，离别与相遇，我们在别人的故事里出出进进，捕捉自己的心情，演绎着无可挑剔的悲欢。

这个世界上盘根错节着很多条相似的道路，很多人都会不期而遇，然后并肩行走过一段旅程，在某个节点上分道扬镳。

但每个人的心中都只有一条属于自己的路，在时光的铁锤下不停的雕琢着，纵使前面千沟万壑，也要勇敢的走下去。因为前方，有我们期待着的风景。（如梦如殇）

每当我觉得一切慢慢好起来的时候，
生活就朝我放冷枪，真佩服自己的的承受力，
反反复复，一次又一次，都快神经衰弱了。

可我还是会笑、会哭、会悲伤。
生活的真相也并不是残酷无力，只是往往非我所想。

我不是一个信命的人，
却被这张大网纠缠，想逃，却逃不掉。

我爱生活，不怕去体会

亲爱的自己：

不要急着让生活给予你所有的答案，
有时候，你要拿出耐心等等。
即使你向空谷喊话，也要等一会儿，才会听见绵长的回音。

也就是说，生活总会给你答案的，但不会马上把一切都告诉你。
只要你肯等一等，生活的美好，总在你不经意的时候，盛装莅临。

很多时候，我们都在彼此羡慕。但是当真正翻开每个人内心的封页，就会发现，其实我们都活得很无奈。

很多时候，我们走错了路却不能回头，选择了事业却发现并非所爱，生在富贵里却想去体会穷人的满足，生在贫困中却不知道富人的烦恼。

我们经常做梦，却总是难以醒来；经常幻想，却总是难以实现；经常抱怨，却总是不去努力；经常计划，却总是没有时间。

不喜欢读书，却不得不为了文凭奔波；不喜欢运动，却难以忍受一身赘肉；不善于言谈，却必须去推销自己……

人生，其实就是这样的无奈但又必须去接受。

有时总想让自己活得潇洒快乐一些，对身边的人或事物表面上显得风平浪静，可心中却波涛汹涌，羡慕一些人的坦然，能做自己，可事实上又有谁能如此呢?

人生总有太多的无奈和遗憾，总在感叹人生，当沧桑将在你的人生道路上画上一个句号时，再回首，却发现失去了太多，留下的是遗憾，岁月已向你招手，一切已无法挽留。

有人说要学会享受生活。简单的字说起来容易，做起来难，所以总有遗憾。那种两袖清风、洒脱，不问世事的感觉真的很好，可又有谁能轻易做到呢?

说的如此毫无顾忌，可生活呢？总有太多事情关联着你，害怕选择，每一个选择都需要很大的勇气，需要顾忌的太多了。

有时候，我们认为生命是一个现成的公式，或者是分享的过程，于是我们对生命的出现有了许许多多的奢望，误读了人生。

生活是由自己的心地创建的平台，不存在颠扑不破的规律，它的意义就在于能够用自己的努力去完善、去改变、去创新。

其实，生活没有错，我们也没错。我们都希望把自己的生活过好，可是不是万事都会如意，也不是心想都会事成。

无论贫困与富有，无论身处顺境与逆境，不妨安于当下，安于每一个无论晴朗还是阴暗的清晨。

我们接受了生命从萌生到稳健成熟的种种苦恼、挣扎、失望、焦虑、怨仇和哀伤，我们也容纳了它的欢乐、得意、胜利、收获和颂赞。

生命的过程注定是由激越到安详，由绚烂到平淡。一切情绪上的激荡终会过去，一切色彩喧哗终会消隐。如果我们爱生活，该不怕去体会。

微笑着，去唱生活的歌谣。不要抱怨生活给予了太多的磨难，不必抱怨生命中有太多的曲折。

大海如果失去了巨浪的翻滚，就会失去雄浑；沙漠如果失去了飞沙的狂舞，就会失去壮观。人生如果仅去求得两点一线的一帆风顺，生活也就失去了存在的魅力。（佚名）

人生经常是这样的，我曾经精心计算过的，
细细准备过的，认定了多年的事物，
到头来往往南辕北辙，总是对不上号。

人一辈子，到处都是这种现象，结局总是始料不及，
我为之苦苦奋斗的那个将来、那个确定，到头来，
总是发展成没有想到的另一面、另一种。

破碎无奈，却无损精彩

亲爱的自己：

仰望星空时，我们知道星星距离我们成百上千光年，
有些甚至已经不存在了。
它们的光，花了很长时间才到达地球，
而在此期间，它们本身已经消失或爆炸瓦解成红矮星。

这些事实会让人觉得自己很渺小，
如果生活中遇到了困难，不妨想想这些，
你就会明白什么叫微不足道。

有时候，我甚至相信：只有破碎的东西才是美丽的。

我喜欢断树残根，枯枝萎叶，也喜欢古寺锈钟，破门颓墙，喜欢庭院深深，石阶倾斜，喜欢云冷星陨、柳败花残，喜欢一个沉默的老人穿着褪色的衣裳走街串巷捡拾破烂，喜欢一个小女孩瘦弱的双肩背着花布块拼成的旧书包去上学。

我甚至喜欢一个缺了口的啤酒瓶或一只被踩扁的易拉罐在地上默默地滚动，然后静止。每当看到这些零星琐屑的人情事物时，我总是很专注地凝视着它们，直到把它们望到很远很远的境界中去。

我不知道它们曾经怎样美丽过，所以我无法想象它们的美丽。

也因此，我深深沉醉于这种不可想象、不可求源的美丽之中，挖掘着它们绚丽的往昔，然后，蓦然回首，将这两种生命形态拉至眼前，黯然泪下。

这不可解释的一切蕴含着多少难以诉说的风花雪月悲欢离

合，蕴含着多少沧桑世事中永恒的感伤和无垠的苍凉啊！

我喜欢看人痛哭失声，喜欢听人狂声怒吼，喜欢听人酒后失态吐出一些埋在心底发酵的往事，喜欢看一个单相思的人于心爱者的新婚之夜在雨中持伞默立。

我喜欢素日沉静安然的人喋喋不休地诉说苦难，一向喜悦满足的人忽然会沮丧和失落，苍老的人忆起发黄的青春，孤傲的人忏悔错过的爱情。

我喜欢明星失宠后凄然一笑，英雄暮年时忍痛回首，官场失意者独品清茶，红颜逝去的佳丽对镜哀思。

我喜欢人们在最薄弱最不设防的时候挖出自己最痛最疼的那一部分东西，然后颤抖，然后哭泣，然后让心灵流出血来。

每当这时候，哪怕我对眼前的人一无所知，我也相信：这个人拥有一个曾经非常美好，现在依然美好的灵魂，他经历的辛酸和苦难，是他生命中最深的印记和最珍爱的储藏。

只有等他破碎的时候，他才会放出这些幽居已久的鸽子，并且启窗露出自己最真实的容颜。

能够破碎的人，必定真正地活过。

林黛玉的破碎，在于她有刻骨铭心的爱情；三毛的破碎，源于她历尽沧桑后一刹那的明彻和超脱；凡高的破碎，是太阳用金黄的刀子让他在光明中不断剧痛；贝多芬的破碎，则是灵性至极的黑白键撞击生命的悲壮乐章。

那些平凡者的破碎泄露的是人性最纯最美的光点，而这些优秀灵魂的破碎则如银色的礼花开满了我们头顶的天空。我们从中汲取了多少人生的梦想和真谛。

没有多少人能像我一样享受这种别致的幸福和欢乐，没有多少人知道这种破碎的美丽是如何细细密密地铺满我们门前的田野和草场，如同今夜细细密密的月光。

是谁说过：一朵花的美丽，就在于它的绽放。而绽放其实正是花心的破碎啊。（乔叶）

我有一颗正能量的心，却偏偏活在负面的环境里。
有时候我发现身边的人不理解我，甚至讽刺我。

当别人给予我负面言语，打击我燃起的想法时，
心真的很痛，却只能一个人躲起来哭，
没有人能告诉我该如何坚持下去。
我一直在练习微笑，最终却变成不敢哭的人。

岁月赐予你荒山，愿你将它打造成世外桃源

亲爱的自己：

成长有时候并不是一副看着自信满满的模样，
里面住着空空荡荡的灵魂，会在内心最柔软的时候掉泪。

你的成长是经历过一切之后的泰然自若，
还可以在不同的位置，另一片天空下与灵魂同行。

没有人告诉你如何取舍，你也不清楚未来，
但是你每走一步都会更接近那个模糊的地方。

我就像是世界上多余的存在，活在一个人的世界。这个世界是一片沙漠，我独自行走在这片沙漠中，有未知、恐惧、害怕、孤寂、无助，但我必须一个人走下去。

生活最大的魔力就在于，它能让我原本稚嫩的心变得沟壑纵横，也能无声无息地抚平我心上所有伤痕。

每一个远去的且再也无法抓住的梦想，都会被怀揣很久。没有目送过梦想远去的人，不会懂得那种心被挖空的感觉。

通往梦想的路从来都不只一条，可惜我们都是许久之后才懂得这个道理。无关于坚持，在曲折的人生道路上，总要学会迂回前进，学会转弯。

我从来不否认只有奋斗才能离梦想更近，但是，不是你付出了比“成功人士”多几倍的努力，就一定能取得他们的成绩。很多东西最终得不到也没关系，因为它未必如你所想的一样有价值。

没有回应，往往才是生活的常态。当我们开始平静地接受生活的没有回应并依然不放弃努力，这才是成长。

这世上很多事情是我们无能为力的。比如：好端端的身体突然生了重病，深信不疑的人突然就背叛了我们；多年的友情突然就破裂了；刚刚还在微笑的自己突然就哭了。

终于懂得了爱，那个很爱很爱的人突然就不再爱了；终于懂得了珍惜，那个把你当成宝贝的人已经彻底从你的世界里离开了。绝望之际，除了坚强，我们别无选择。

人生就像饺子，岁月是皮，经历是馅。酸甜苦辣皆为滋味，毅力和信心正是饺子皮上的褶皱，人生中难免被狠狠挤一下，被开水煮一下，被人咬一下，倘若没有经历，硬装成熟，总会有露馅的时候。

生活不只是眼前的艰辛，艰辛与幸运总是交替出现。我们都无比渴望幸运之神的垂青，是因为艰辛的时光特别长。

学会在艰辛的夹缝中艰难扎根，才是生活最想教会我们的本领，哪怕最终到达的那片土地，不是最初的梦想，也要面向太阳，努力生长。

我们都会走上一条路，会转弯，也会原地打转，会蹲在某个街头哭泣，也会被哪个墙角的钉子刮伤，可是我们终会到站。

有那么一刻也会想起走过的春夏秋冬，那些日子必定是充满阳光的，所以就算下一步会落进深渊，此刻也要做自己的天空。

如果你还在努力，那么请走下去，如果你还不懂该为什么努力，那么去选一条路，之后义无反顾地走完，如果你已到站，那就转过身给自己一个拥抱。

生活会一次次击溃那些曾经炙热的梦想，显现出丑陋、狰狞、无情的一面，请你一定要在暗无天日的岁月中学会苦中作乐，一如既往地相信生活的美好。

岁月的洪流最终会将我们推到某处，也许仅仅是赐你一片荒山，那么就请在荒山上顽强扎根，将它打造成期许已久的世外桃源。（佚名）

我沿路，得到七个微笑，三个白眼，
我就用七成的力气回应微笑，三成的力气回应白眼；
我吃到的食物，七次好吃，三次难吃，
我就用七成的味觉享受美味，三成的味觉忍受苦涩。

我无意放大世界的善意，也无意放大世界的恶意，
只是依照比例，老实的接收有晴有雨的天气。
世界与我，互相而已。

与这个世界的温柔撞个满怀

亲爱的自己：

也许有的人对你不怀好意，
会使你觉得这个世界充满了敌意，但事实并非如此。

这个世界依然存在着温柔的爱意，只是你恰巧与其擦肩而过，
又恰巧碰上了一根电线杆而已。

但你要相信，总有一天你会与这个世界的温柔撞个满怀。

不用逃，也不需要依靠，即使一个人，每一分每一秒都是广阔的天涯海角。

在生命中总有很多事情让人想逃，可是就算逃到天涯海角，你还是被困在自己心底的某个角落。

有时候你想找个人依靠，也许一时半刻能够减缓你的孤寂，可是更多时候，那份依靠竟像一道隐形栅栏，绊住你前进的脚步。

随着岁月消逝，你心中始终怀抱着未解的心事。那一桩桩心事，像一个不见底的深渊，像一道坚固的锁，也像一堵高墙，蓦然回首，才惊觉自己的生命一直以来都与它们交缠牵引，却怎么样都无法解脱。

你看起来的确是成长了，但其实你只是身不由己地被时间推着走，在暗夜里，你还是像个孩子般瑟缩颤抖，在受伤与内疚之间来回拉扯，有时候你多想抛弃这副伤痕累累的肉身，为灵魂找到自由的出口。

但那种背弃自己一切的念头，从来都不是真正的自由。

所有绊住你的心事，不是为了毁灭你而生，它们是一道道启示，提示了你人生必经的困顿；它们也是一条条线索，使你循线描绘自己最真实的样子。

每一次撕裂你心的痛楚，每一道无力遮掩的伤疤，每一个难以诉说的秘密，交织成你的命运，专属于你独一无二的命运。

每个人所被赋予的命运是为他量身定做的，并使他成为自己。

面对命运，你可以颓丧沮丧，可以逃避，也可以坦然接受它给你的种种失望却不至于绝望，你可以选择任何一种态度，这就是你的自由。

只不过，就算抱头逃避，那些心事仍依附着你，如影随形。

或许你也想治愈自己身上的每一道创伤，可是那竟然没有想象中的简单，并不是躲在角落自怨自艾地舔舐伤口，就会长出新的皮肤，不是让自己接受大家的安慰，就能洗净血痕斑斑的心。

日本心理学家河合隼雄曾说：“真正的‘疗愈’是要拼了命

换来的。”

跨越心事不是一件简单的事，你只能打开灵魂的每一处，遭逢真正的痛苦，在经过痛苦的过程中，咬着牙睁开眼睛去看、打开耳朵去听、开口去说，那每一个让你哀恸逾恒的时刻。

在那分分秒秒的痛楚中，你终于看见所有事情的来龙去脉，看见自己体内竟然有这么多盘根错节的往事纠缠，看见生命原来如此广阔、如此深沉地包覆了这么多忧愁。

去感受自己的伤心，去触碰从不示人的伤口，去看那个一直不敢再见的人，去听心底的哀号，去说早已下葬在体内的秘密，去温柔地抚慰受伤的自己，并且对自己说：“那不是你的错。”

那从来都不是你的错。并不是因为你有错，才活该受伤。这个世界何其残忍，处处是擦伤，一个眼神，一个无心之过，一句未说完的话，都可能造成难以愈合的伤害。

然而，伤害你的人，可能永远不会知道你有多痛，漫无边际的辛酸只有你一人承受，也正是因为如此，你更要咬着牙拼命将自己从深渊中救出来。

虽然治愈自己的过程很痛苦，甚至比当初受伤时还要痛上千万倍；但反过来想，对你来说，既然都已能独自熬过如此难受的时刻，过去的阴影又怎么还有能耐牵绊你。

当一个人想要重新定义自己以及要追寻什么样的人生时，他们就会展开一段旅程，拥有生命的独特片刻。

一旦有一天对于总是背负着过去的包袱感到厌烦，你就会勇敢地让自己穿越那些伤痛，从极致的孤绝里生出新的希望，虽然难熬，却是你蜕变的前奏，而那是只有你才享有的生命片刻。

当你摆脱了前尘往事的束缚，再回首看那曾经淋湿你心的来时路，就会发现那儿早已没有风雨也没有爱恨，只有一片朗朗晴空，你再也不会畏惧，再也不会留恋。

不用逃，也不需要依靠，即使一个人，每一分每一秒都是广阔的天涯海角。（陈默安）

第二章

不曾灿烂的日子，等待会荒废时光

有些东西是与生俱来的，已经过了喜欢炫耀和喧闹的年纪了，遇到喜欢的事情就努力的去做。你想不到自己的内心有多强大，想不到自己的堡垒有多坚固。

你知道生活不会因为你有什么想法而停住一秒，但你学会了要么就真心喜欢现在的自己，要么就去变成喜欢的自己，不为别的，就为这些年亏欠了的自己。

我和很多人一样，心里常常做着美梦，
梦想有车，有房，有钱，有钻戒。

但是我只有微薄的薪资，
而每天的幻想却成了自己向上的动力，
但是我总忘了去改变自己。

久而久之，幻想成了我最大的安慰，一年，两年，
到最后，唯一改变的就只有那消逝的青春。

你只是忘了改变自己

亲爱的自己：

有时，你虽然理性上很着急，想改变，
但真实的想法是：改变太困难、太漫长，撑一段时间再说，
等找到捷径再改变，于是，一再拖延。

问问自己，如此痛苦，为什么不改变？
其实，你缺的不是方法，而是还没有下决心，
嘴上说不算，内心的决定才真正起作用。

你害怕生活的节奏不在自己的掌控之中，因为你不相信自己会处理好突然出现的各种情况。当生活不在计划之中，你开始焦虑，不安，甚至烦躁。

不是因为你怕，你焦虑，有些事情就不会发生。当你在开始学物理的时候，你就被告诉一切物体都是在运动的，没有绝对静止。

你就开始告诉自己所有的事情都会有变化，包括一切，所以你要习惯接受变化，并让这种变化给自己带来最小的影响。

[illegible]是一切都来得不那么顺其自然，当你发现你认为的一直很爱你的人准备转身。你还是接受不了，你觉得明媚的阳光变得刺眼，觉得蓝天变得深不可测，一切美好的模样变得狰狞。

无论你要不要接受这一切的狰狞与莫测，生活还是要继续。时间还是要大摇大摆地晃过。

接受一切变化，你会沮丧难过，甚至哭泣。因为你享受一切没有意外的生活，你没想过一些突如其来的小变化就会摧毁你。

你是不是也需要变化？虽然没有绝对的静止，相对论里边却讲，有相对的静止。那么你在改变自己生活的态度与方式的时候，也许就会出现这种相对的静止。

而你却轻易将自己沉浸在这样的变化之中。让自己痛苦、难受，用来对比以前那些日子的快乐与幸福。只是，时间喜欢开这样的玩笑，而且也并不准备收回这样的玩笑。

那么为什么不跟时间一起玩呢？你只需要改变一点点，就可以保持相对的静止。

你可能会讲，那些日子，那个人，那些事，你真无法忘记。可是为什么要忘记。你无法感激那些相对静止的日子让你有多么安心和踏实过，为何却要将那些感激和现在的不快乐捆绑在一起。

他还是转身了。那些有他在的日子，你果然无法忘记，甚至夜不能寐。你在整天思考原因，你整天活在记忆里。

你却忘了时间还在奔跑，完全不会回过头来怜惜并等待你这个忘掉自己的人。你以为你这样的缅怀过去，只是在表达你是真的爱过他，只是他已经离开了，并且已经很远了。

那么你还要站在原地吗？试着去改变一下自己。将自己的生活过成另一种滋味。或许，你会发现另一种惊喜。或许，你会发现原来变化后的生活也没你想的那么糟糕。

阳光还可以那么明媚，天空还可以蓝到幽邃。只要你愿意接受这样的变化，并去改变自己。

突然被改变的生活，真没那么可怕。可怕的是生活都改变了，你却还不想改变自己。（若素）

我不断问自己，人生是为了什么？
我虽明白种瓜得瓜，种豆得豆这个老掉牙的道理，
想要一生有所作为，但是不知道应当做什么。

我从来没有对上帝开动过什么脑筋，
现在却想起他来了。
我知道自己很肤浅，也不认识什么可以请教的人，
但是我要学着改变。

思考不能得偿所愿，行动却可以

亲爱的自己：

如果你不浇灌土地，一定长不出花来。
也许别人天生就有希腊神像一般的五官，黄金比例的身材，
以及满墙贴金的家境，但这一切，都与你无关。

频繁地欣赏和羡慕不会让你有什么改变，
唯有你自己的行动，会让次日清晨睡醒的你，
因为添了点神采、少了点麻木，而拥有加分的自信。

思考，从不是一件坏事。但过度的思考，常常成为行动的绊脚石。杨绛说了一句很适合大多数年轻人的话：你就是想得太多，做得太少。

我们从小被教导要做计划、要有走一步看三步的思维模式，被灌输的“凡事要三思而后行”、“谨言慎行”，其中的“度”其实非常难以把握。

于是，在每个人成长的过程中就碰上了这一段“成长剧痛期”，难以把握所学信条之中的分寸，于是所学所想与现实激烈碰撞带来了方方面面的疼痛。

当迷茫的现状撞上野心勃勃的欲望，疼痛自然更加难耐。

当真正走入社会之后，不满现状、性格里愿闯爱拼的人，就不免开始变得混沌。于是就有了无休止的绞尽脑汁和挠破头皮的利弊分析，长此以往，在做大事小事之前，我们都要经历挣扎的“思前想后”和自我折磨。

我们大多的恐惧，都来源于对选择之后未知结局的担忧，我们永远像一个悔棋不倦、在麻将桌上被人讨厌的弹簧手，恨不得来来回回地悔改，总是希望自己作出最正确的选择，绝对不能有误。

但可惜多年之后，我们发现如果有对错之论的话，该选错的地方还是选错了，遗憾的地方也能写满一张纸，我们并没有因为自己慎之又慎的神经质，而达到事事完美的皆大欢喜。

反倒是，很多本来说不定可以发出芽的种子，被我们在思考之后摒弃了。由于不确定，所以也没播种。

没有任何人可以做你的担保人，除非上帝，因为没有人能用全视角来展望这个世界，并把未来三五十年间发生的事情提前透露给你。

有时保留一点命运留给你的神秘感，也是美的。况且，渴望看到确凿的结局，才肯付出，那和爱情里面斤斤计较、衡量再三、看到对方的真心才肯表露真情的人有什么区别？你对自己的人生也太不豪爽，太没诚意了。

所以，先做，别先索要承诺。有一万个细节决定你是否能如愿，日日手捧“思考”圣杯，为求一个完美结局而愁眉苦脸的人，一点也不性感。

有时，你并不知道自己的哪一份积累，会在哪一个机会为你争取到优势；你也根本不知道，在你广撒网的时候，会捞上来哪一种鱼。也许当你真的来到海边，看到一群一群捞鱼的人，然后突然顿悟，不想再捞鱼了。

这世上真的有些事，是你以现在的视野所看不清楚的，你必须先走两步。

应该庆幸我们的开始，虽然未来仍是一片未知，但每天的收获是可以垫底的，即便走错路也是满满的收获。

况且想要真正地解决问题，必须得让问题先真实地暴露出来，而不是永远停留在设想。

是的，有些事需要先开枪，再瞄准。（余点）

一年一年呼啸而过，日子却总是慢吞吞不见起色，
一遍遍在幻想里打算将来如何如何，
又一天天走在老路上。

感觉自己还没来得及长大，却已经开始衰老了，
那理想变得越来越小，甚至被流水的光阴渐渐磨平，
不是终于敢承认自己是个普通人了，
而是面对汹涌而来的世界，不得不承认自己毫无还手之力。

若不是终点，请一直微笑向前

亲爱的自己：

如果你觉得安于现状是你想要的，
那这样的生活会让你幸福和满足；
如果你不甘平庸，那选择一条进取和奋斗的道路，
在这个追求的过程中，你一样会感到快乐。

最糟糕的状态莫过于你选择了不甘平庸的道路，
却以一种安于现状的方式生活，
最后抱怨没有得到自己想要的人生。

每一天都有人带着希望和憧憬兴奋醒来，也有人满怀无奈和伤感黯然睡去。大多数人依然在奋斗与坚守，或是麻木不仁，或是按部就班，抑或是打了鸡血一般的激情满怀。

有时候，我们习惯于生活在安全地带，被老师、父母、亲友以及书本的汤勺喂大，习惯了去询问他们："请告诉我，那高原、深山及大地的背后是什么?"

总是满足于他人的描绘，活在别人的言论中，而不再享有抗拒本能的权利。

长久以往，我们不再新鲜，心中没有什么东西是原创的、清新的和明澈的。渐渐的，失去了对生活的热情。

15 岁觉得游泳难，放弃游泳，到 18 岁遇到一个喜欢的人约你去游泳，你只好说，我不会。18 岁，觉得英文难，放弃学，28 岁出现一个很棒但是要会英文的工作，你只好说，我不会。

人生的前期，如果越嫌麻烦，越懒得学，后来就越可能错过让你动心的人和事，错过风景。趁年轻的时候，去学习，去经历，有天你会感激当年坚持而未曾放弃的自己。

很多时候，生活就是这样，你给它机会，它才会给你风景。

如果不曾在早晨毅然爬出温暖的被窝出去散步，你就没法体验到清晨第一缕阳光投射到人间的美丽。

如果不曾在闲暇时出去旅行，你就不会欣赏到小河里流淌的溪水，树林间习习的薰风。

有一个未来的目标，总能让我们欢欣鼓舞。就像飞向火光的灰蛾，甘愿做烈焰的俘虏，摆动着的是你不停的脚步，飞旋着的是你不停的流苏。

人生总会有那么一段时期，你走着走着突然发现，走入了只有你一个人的小巷。你看不到小巷的尽头，可能是一条新的街道，但你心里也常常怀疑那尽头没准就是一个死胡同。

其他的道路有人欢声笑语，你觉得周围每个人都走在康庄大道上，除了你自己。

其实每条路都是孤独的，慢慢地你会相信没有什么事不可原谅，没有什么人会永驻身旁，也许现在的你很累，但未来的路还很长，不要忘了是什么让你坚持到现在，勿忘初心。

我知道终有一日我们都会被这个世界完美地驯服，终将迫于生活的各种原因妥协，那么可否在可以选择的时候一直安静地做自己喜欢的事情。

因为在最后的那次妥协之前的每次不妥协，都是最为宝贵的财富，将是我们更好地生活下去的资本。

在这个世界上，一定有另一个自己，做着我们不敢做的事，过着我们想过的生活。其实，每个人就是另一个自己，只要我们愿意，就能过我们想过的生活。

请给生活机会，这样它才能赠予你风景。总有一天我们会找到人生的答案，所以努力的意义就是为了不失去对生活的热情。（佚名）

我想一个人去旅行，又想跟朋友们好好聚聚；
想去读书，又想先工作几年。
我会问自己，想要的是不是太多了。

生活是不是太忙碌了，
是不是根本就不知道自己真正想要什么，
做了这么多，是不是只想给自己一些心理安慰，
好让别人看起来，自己并不比他们落后多少。

生活没有末路，值得放胆一试

亲爱的自己：

工作没做好，你以为是电脑不够完美，
每天不去跑步，你以为是没有买到喜欢的运动鞋，
懒得去旅行，你以为是还没有买到心仪的相机和镜头。

给自己找了很多理由，来当作不去开始某件事的借口。
其实就是缺个咬牙跺脚的开始，
很多事情，只要开始迈出第一步，就根本停不下来。

生活应当是我们珍惜的一种经验，而不是要挨过去的日子。每天早上我们睁开眼睛时，都要告诉自己这是特别的一天。

每一分钟都是那么可贵。再也不要把好东西留到特别的日子才用，因为每一天都是特别的日子。如果有什么值得高兴的事，有什么得意的事，那么现在就要听到，就要看到，就要做到。

每个人在做计划的时候，都有着美好的、激动人心的夙愿，可无论这个夙愿多么现实和有成效，比如跑步可以减掉身上的赘肉，都无法改变我们的懒惰、拖延的状态。

一个月里至少得有四五次关于遗憾的表达，可以想象出每次向别人诉说时的愁眉苦脸，可不管当时是如何地谴责自己，到头来，还是改不掉身上的坏习惯，一而再，再而三地做不到。

人有很多本性难改的东西，比如只有当失败、不如意时，才会放眼观光周围的人事，而当生活如常、平静如水时，总是混混沌沌，每日上班、下班而不再去反思当下的自己能否做的更好。

看看周围的对生活满意度高的人，他们没有一个人是允许自已一次次地拖沓、无聊和懒惰的，相反他们抓紧了分秒的时间去做有意义的事情，只给奋斗找时间，不给空虚留时间。

我们总能找到无数理由让自己止步不前，但其实有更多理由值得我们放胆一试。

真正有行动力的人不需要别人告诉他如何做，因为他已经在做了，就算碰到问题，他也会自己想办法，自己动手去解决或者主动寻求可以帮助他的人，而不是等着别人为自己解决问题。

对很多人而言，22 岁到 28 岁这六年，是人生中最黄金的几年，这几年中我们的努力程度，会直接决定我们的中年和老年将会以一种怎样的状态度过。

也许我们也不是没有梦想，只是没有梦想成真的行动力，所以总是羡慕别人这样，羡慕别人那样，一辈子活在羡慕别人和对自己的梦想说说而已之中。

很多人都说现实束缚了自己，其实在这个世界上，我们一直都可以有很多选择，生活的决定权也一直都在自己手上，只是我们自己缺乏行动而已。

想做一件事就要立刻行动起来，不然就跟那些徒有羡慕之情却给自己诸多理由毫无行动的人们一个样。

只要我们不荒废时间在长时间的睡觉、整夜的打游戏和数个小时的聊天中，我们都能感受到善用时间和努力的力量。

所以，每当无所事事的时候，可以在心里默念一遍“除了你，其他人都挺努力的”，我们立马就可以找到要做的事情。

用自己的方式经营生活，就是寻找快乐；用自己的方式仰望天空，就是自由的期待；用自己的方式守住心中的平静，就是心性自然；用自己的方式超越自己，就是人生最美的成功。

用自己的方式去解答生命的轨迹，人生旅途一定会有与众不同的收获，我们所能经历的就是不断读懂和享受生命的故事和时光。（佚名）

日子就像盛在米袋子里的米，足够慢慢数着的。

有时我也惊觉岁月的流转，
白驹过隙，不过是眨眼间的事，
可我也只是小小伤感了一下，
对风对月发上一会儿呆，过后，日子依旧混沌着。
很多事发誓想做，却基于这样那样的原因搁浅下来。

没有人能在行动前准备好

亲爱的自己：

20 岁买得起 10 岁那年买不起的玩具，
可你却没了当初那般的期待感；
30 岁有勇气向 20 岁那年不敢表白的人表白，
可人家早已结婚多年；
40 岁想再去珍惜 30 岁那年该珍惜的朋友，
可已经疏远多年……

人生就是这样，有些事现在不做，以后再也不会做了。

有时候我们会这样傻傻地想：如果当初我勇敢，结局是不是不一样？如果当时我坚持，回忆会不会不一般？

是的，会不一样。只是，我们可以去想象“如果没有”的种种美好，却依然要去承受“没有如果”的种种现实，生活承受不起那么多假如，即使是穿越剧，也不能改变过去。

我们总说没准备好，可生活不能像做菜一样，让我们从容准备好作料，等全部准备好了，时空早已变化，昨天的河流不再是今天的河流，昨天的黄山也不再是今天的黄山。

何况在光速变化的今天，从图片上看到的一处迷人古迹，可能在下个月就已经拆迁了。

我们将很多很多事情都推到了明天，不是今天办不了，不是今天没有空，而是我们长久以来养成的拖拉的习惯所致。

人生中的有些事情，也不像小学拖到最后一刻的暑假作业，晕天黑地地赶抄兴许还能给我们留下快乐的童年回忆，如果一等再等，留给我们的一定是追悔莫及。

父母的年龄也不小了，在这个灾难、疾病猖狂的时刻，死亡是常态，存在是个变数，别忘了及时报恩和行孝。无论想怎么表达，现在就行动，爱是不能拖到明天的。

我们可以不相信一见钟情，但一定要听从内心的召唤。如果单身，看到喜欢的人一定主动、及时地追求、表白，不要因为明天而错失机会。

不要因为一时的尊严而失去一段珍贵的友谊。如果错了，现在就去道歉；如果没错，而对方仅仅是需要一个道歉的形式，也不妨“含冤”去做。如果拖到了明天，很可能就没有机会了。

儿时的心愿、现在的理想，都是值得追逐的东西，因为理想代表的就是我们自己。如果现在有梦，一定要去追；如果现在的能力还不够，就每天为理想准备三十分钟。

用单纯的想法看世界，没钱就去赚钱，没时间就去珍惜假期，没爱人找个爱人，没亲情常回家看看，没朋友处个闺蜜，没快乐看个喜剧……

这看去一目了然的答案似乎让我们觉得生活如此有条不紊，但世上最简单的逻辑花费了我们大把时间思考，我们依然在问世界多大，我们是谁。

时间不欺人，我们作的选择和接受的生活方式，将决定我们成为什么样的人。

我们总要有一次奋不顾身的努力，去到那个魂牵梦绕的圣地，看看那里的风景，经历一次因为努力而获得圆满的时刻。因为不努力，谁也给不了我们想要的生活。

有喜欢的风景就用手机随时拍下来，有喜欢的衣服就不要犹豫买下来，有喜欢的食物不管会不会发胖尽管消灭它，有喜欢的歌就别怕五音不全大胆学着唱，有喜欢的地方就趁着热情去，有喜欢做的事趁着年轻去做。

青春宝贵，哪管那么多可不可能或行不行。（佚名）

我太看重自己了，也看重别人对我的评价。
我被别人虚张声势的强大吓傻了，
开始怀疑自己，不敢发表意见。
即便有远见，在未被证实之前，
我永远不敢迈出尝试的那步。

我被自己一步步击倒了，从开始为畏缩找借口的那天起，
我已经慢慢变成自己看不起的样子了。

人生不妨大胆一点，因为终究会失去它

亲爱的自己：

如果不握紧拳头，你就不知道你多有力量；
如果不咬紧牙关，你就不知道你的坚持有多狠；
如果不跺脚而起，你就不知道你的果决多正确；
如果不瞪眼，你就不知道你的内心多强大。

最强悍的竞争力只有两个字：行动。
不去试试，你就不知道你的潜能，就不能真正认识自己。

我们常常会天马行空地想到很多事，但却很少去实践它。

真正的问题除了欠缺执行力之外，另外一个原因就在于自己本身不自信，当我们无法相信自己可以达成某件事情时，就会真的无法达成，许多人无法实践梦想的原因，就在于不相信自己可以完成自己的梦想。

大部分人都停留在“想要”的阶段，而无法晋升到“一定要”的阶段，最后自己只能永远停留在想的阶段。

大部分人都在等待一个开始，但是等到最后，机会就悄悄溜走了。人生需要学会承担更多的压力、勇敢尝试更多的事情，因为我们终究会失去生命，既然如此，不如就让自己大胆一些。

因为我们年轻，就不能没有胆量和勇气，或者换个说法，胆量和勇气是什么都没有的年轻人唯一的本钱，胆量和勇气，是年轻人想要成功，必须要具备的。

无论喜不喜欢，行动永远是人生中无可避免的一部分。无论是换工作、谈恋爱、投资，我们终究都需要面对行动。

人生就应该不断的挑战未知。我们不会因为冒了一个险，就失去生命，也不太可能做了一个勇敢的决定，就失去了拥有的，在大部分情况下，生命反而会因为多去尝试而更加精彩。

人生充满了风险，但是最大的报酬是属于勇于行动的人。人生的一大悲剧是不冒险，以至于一无所获。

有时，最大的风险不是去行动，而是什么都不做；最大的悲哀不是失去了生命，而是当面临到了生命的终点时，才真正体会到人生最重要的是什么。

我们真正的痛苦，来自于因耽误而产生的持续的焦虑，来自于因最后时刻所完成项目质量之低劣而产生的负罪感，还来自于因为失去人生中许多机会而产生的深深的悔恨。

面对自己的人生，不妨大胆一点吧，因为我们终究会失去它。（佚名）

第三章

我们都需要时间，成为更好的人

生活中很多事不能得偿所愿，只要努力过、争取过，便也可以说声无愧无悔了。与其火急火燎打败自己，不如洒脱点说无所谓。

其实每个人都一样，一遍遍的怀疑以前深信不疑的东西，然后推翻这个阶段的自己，长出新的智慧和性情，带着无数的迷惘与不确定，坚定的走向下个阶段的自己。

我为什么总是这样，想哭的时候，闭上眼睛不让它流泪；
伤心的时候，找个地方静静的发呆，告诉自己要坚强；
难过的时候，学会了伪装自己对别人笑；
失落的时候，笑着对自己说没事的；
失败的时候，尽管已无力，
也要爬起来，告诉别人我很好。

你有权利不安和难过

亲爱的自己：

许多时候，你的忍让，你的退缩，都会让别人步步紧逼，
你放弃的东西越多，就是对其他人的纵容。
许多时候，你觉得自己是在忍受，
是在照顾别人的情绪，但根本就没人懂。

所以请不要再逆来顺受，
当你想拒绝，就拒绝；当你想要，就要。

和朋友吵架，你要求自己先去和好；被上司欺负，你还要求自己面带微笑。你说你不坚强，软弱给谁看？

你的朋友都以为你大方、宽容、心地善良，却也因为这样，他们可以迟到、爽约、任性霸道，你却不能有一点点不耐烦。

这样才是你，被贴上好人标签，不会发脾气的你，谁都说你好，却谁都不在意的你。

你的上司没有因为你的好态度就赏识你，反而变本加厉，被压迫都能面带笑容，说明压力还不够，年轻人总该挑点重担，才能进步，所以别人偷懒、翘班，你却不能出一点点差错。

这样才是你，积极向上、勇往直前的你，工作做得最多、表扬得最少的你。

在爱情上你也是如此。全心全意地爱上一个人，只知道掏心掏肺地对他好。下雨了，不需要他来接送，生气了不需要他来哄。什么困难、挫折、小难过，你都自己一个人扛。

你以为这样的你聪明、睿智、独立、优雅，想不到最后对方移情别恋，还说：永远不发脾气的人就像白开水解渴，却无味，你那么坚强他在不在都一样。

即使是这样，你也不肯垮掉。你不向任何人诉苦，不大哭大闹，甚至不开口挽留。你潇洒地转身，华丽地走掉。

直到一个人时才允许自己有些许的放松，可就算是一个人，你也鼓励自己，未来可以更好。

这个时候其实你需要朋友，但是在朋友眼中你一直是个什么都可以解决的人。你还没来得及说说自己受到的伤和痛，就先去为别人的烦恼出主意。

朋友们都雨过天晴，转哭为笑才想起来问问你怎么了，你却顿了顿，然后说什么事情都没有。

最后，你终于成为一个无所不能的人，但也是内心孤独的人。

你和自己打赌，和自己比赛，甚至吵架。你对着远处大声喊：什么都打不倒我！

然后在心里偷偷想，如果这时候有个人肯发现你的逞强，愿意借你个肩膀，你是不是就此承认自己的懦弱？

可你还是没有，你只是蒙上被子大睡一觉，然后第二天又斗志昂扬地出现在人前。

这样的日子一天天重复着。当坚强成为一种惯性，自己都不肯原谅自己偶尔的懦弱。不经意间就学会了演戏，演一个淡定、喜怒不形于色的人。

有多久没有大骂一次？有多久没有放肆任性？在这样的节制里，你一天天老去。

其实大可不必。你不是金刚，使命也不是拯救地球，所以嬉笑怒骂都是你，不必做圣人。

你有权利难过不安和哭泣，你可以示弱痛苦和无助。打不倒的是不倒翁，而你是人。坚强不是刚硬，而是柔韧。

没必要和自己过不去。想哭就痛痛快快哭一次，想倾诉就痛痛快快说一次，想发泄就痛痛快快闹一次。

记得，如果坚强累了，你有权利不安和难过。（修女）

我浪费掉了太多自以为是又狼狈不堪的青春。
那里，有笑有泪，有自信有迷茫，
我伤人也被人伤，难免颓废与寂寞，
我坚信自己与众不同，坚信世界因我而变。

我以为自己变强了，但突然发现，
强大需有勇气、责任以及某些妥协。
在生活面前，我也许早已面目全非。

与自己握手言和

亲爱的自己：

你想要抓住得太多，面目才不觉狰狞起来。
人生要这样，用前半生时间去得到一些东西，
再用后半生的时间一件件失去。

一定要留一些时间给失去。
抛物线是最美的，自由落体的闭幕，
那才是一个瓜熟蒂落的过程。
我只想劝你善待自己，劝你歇一歇，劝你温存片刻。

《小王子》中有一段话是这样说的：大人们就爱看数字。你们跟他们谈起新朋友，他们从来不打听要点的。

如果你们对大人说："我看到了一幢用红砖盖成的漂亮房子，窗边有天竺葵，屋顶还有鸽子……"他们怎么也想象不出房子的样子。但如果对他们说"我看见了一幢价值十万法郎的房子。"那他们就惊呼："多漂亮的房子啊!"

数据的背后，如果不是为了揭示创造更美好的生活本质，又有什么意义，没了感知的心，人们看到的又将剩下些什么。

我们经常提醒自己，并游说别人，一定要学会善待自己。关于善待这个词，我们总是会不约而同，片面地理解成尽量不让自己受委屈，不让自己承受无谓的压力，更重要的是不让自己活得狼狈不堪。

但实际上，真正的善待还有更深广的意义在里面。

很多人都喜欢那种呼朋引伴，觥筹交错的生活，振臂一呼，应者云集。如此，才觉人生酣畅淋漓，快意恩仇。

然而，夜色阑珊，曲终人散呢，在那个尽兴而返的身体中，却仍有一个饥饿的小孩在嗷嗷待哺，那个小孩，就是真正应该善待的自己。

那个小孩，也许任性虚荣，也许自私自利，也许懒惰成性，也许浮躁轻狂，但我们却从未留意过，我们将他紧紧闭锁在一方逼仄的囹圄里，不见天日。

我们努力地向世人展示一副正面和积极的面具，它有着无懈可击的特质，圆融无碍且刀枪不入。

但我们知道，那座内心的城堡，不像传说中那般固若金汤，不是想象中的阳光普照，它有时脆如琉璃，有时阴如雨季。

彷徨与挣扎，纠结与焦虑，悲观与抑郁，那都是我们真实的样子，但我们不允许它们出现在人生的词典中。

似乎唯有掩盖，唯有伪装，唯有矫饰才能让自己真神复位，领受别人的掌声和自我的膜拜。

这样的迷失，我们也许经历了十几年、几十年，甚至终其一生。这样的我们，不累也是麻木了吧？这样的我们，不苦也是已经习惯了吧？那么为什么不放下身段，直面自己内心的一切冲突，承认它们的存在，接纳它们的造访呢？

真实的，这一切不完美的存在，都在构成我们的性格、生命乃至命运的一部分，它们提醒着我们的弱点，见证着我们的不堪，督促着我们的改进，鞭策着我们的前行。

所以，一个真正成熟而睿智的人首先是能和自己和谐共处的人，既不妄自菲薄，也不傲慢自大；既有坚守，也有扬弃。

我们不是圣人，不必道德圆满；不是超人，不必事必躬亲；不是救世主，不必普渡众生；不是永动机，不必奋斗不息。

一个人无论是和自己过不去，还是和他人过不去，最终受伤的都是自己，因为习惯了把自己囚禁在自设的牢狱里，别人毫发无伤，而自己却早已千疮百孔。

当我们终于能够用宽广的心胸接纳自己，并与自己握手言和，同时以一颗怜恤和悲悯之心理解和原谅人性中的诸多瑕疵与缺陷的时候，才能对这个世界和他人不再抱持诸多的指摘与敌意。

一个人对自己的悦纳有多深，就对世界和人生的热爱有多浓。（荠麦青青）

我坚强了太久，偶尔发个累的状态想发泄一下，
就有人说我真矫情；
晒了几张玩乐的照片，就有人说我就知道玩，
他们哪知道这是我给自己放的假而已。

我平时嘻嘻哈哈，但这不代表我没心没肺，
不代表我没有不想理人的时候。
我不求被所有人理解，愿有人能够理解我。

你有过上好日子的可能性

亲爱的自己：

如果可以接受自己也不那么完美，就不用忙着去粉饰了；
如果可以承认自己不那么伟大，就不用急着去证明了；
如果可以放弃自己的种种成见，就不用吵着去反驳了；
如果可以不在乎别人怎么看，就不用哭着去申诉了；
如果可以慢半拍，静半刻，低半头，就可以一直微笑了。

每个年轻人在工作的最初都会遇到一个孤独的时刻。青春将尽，少年们站在人生的十字路口，抬头看是美丽宁静的天空，低头看是泥泞不堪的土地。

不管往哪一个方向行走都有着无限的可能性，但同时危险和不确定性也相伴而行。

如果有一辆开往终点的公交车，车上已拥挤不堪，第一种选择是你挤上去，公交车会以最快的方式送你去到想去的地方，但你需要去奋力同别人争夺有限的空间，甚至可能与别人发生冲突或不可预知的其他危险。

第二种选择，跑步去目的地，这样做的好处是空气清新风景美好，但要慢得多，并且要忍受很多的风吹日晒。

你会选择怎样的一种生活？

记得小的时候，不管妈妈在我们的书包里塞了多少零食，我们还是会盯着别的小朋友手中的好吃的流口水——自己的总是比不上别人的。

所有漂泊的人生都梦想着平静、童年的小院儿和金黄的油菜花，正如所有看上去安逸的人生都幻想着女儿红、江湖和醉生梦死。

别人的生活，就如同被他自己修过的照片一样，只是“看上去很美”。其实，我们所向往的另一种人生，其实真的只是“看上去很美”的一种生活，其中滋味，甜苦自知。

所有的光鲜亮丽都是一种经历，不是幸福感。不管你选择了哪一种生活，都要承担选择的代价，你会得到一些，同时失去一些，这是必然的。

你不妨去追求最好——最好的生活，最好的职业，最好的婚姻，最好的友谊等等。但能否得到最好，取决于许多因素，不是光靠努力就能成功的。

人生无法做到完美，我们尽力就好，在生命的旅途中，我们一直寻觅，却忽略了眼前的风景。其实美好都深藏在岁月中，春天的丁香，夏天的细雨，秋天的落叶，冬天的雪花都是美好。

不要总是想着靠谁，人生的起起落落间，总会有一些情怀需要安静回味；总会有一些伤痛需要独自体会，总会有一段路需要一个人走完，总会有一些事需要坦然面对。

一个心胸开阔的人，能够正确地看待自身与他人的差别；他既不会自轻自贱，把任何人都看得比自己优越；也不会盲目自信，无谓地贬低他人。

他没有时间幸灾乐祸，也没有时间批评别人，他只是忙于自己所追求的事业与生活，他不会计较在每件事情上是否公平，他在乎的是自己的内心是否快乐与充实。

与其羡慕别人的光鲜，哀叹自己的生活，不如将更多的精力用在创建更好的自己。他人口中的价值观，别人眼中的光环，真的只是梦幻泡影而已。

生活，究其根本是自己的事情，经营好自己的青春。请不要负了仅有一次的人生。（佚名）

有时候真的觉得自己傻，
学不会说漂亮话、借着别人往上爬，
学不会一切在这个世界上可以活得更好的生存技能。

不是不聪明，就是学不会卖弄聪明；
不是不努力，就是学不会显摆努力。
但是，我也许不够成功，不够招人喜欢，不够扬眉吐气，
至少，我够真实。

不想被万箭穿心，就别装作刀枪不入

亲爱的自己：

该醒醒了，你已经做了太多无谓的挣扎、
太多荒唐的事情、太多盲目的决定，
而错过了太多本来的幸福、太多安静的生活。

现在开始，请认真把你做过的都忘记，
再用心把你错过的都弥补回来。
要更精彩地活，让别人注视和羡慕，
而不只是关注别人的幸福。

我也曾努力过，为了成为勇敢的人，也曾试过在人群中高谈阔论、用不容置疑的语气指出别人的错误、摆出攻击者的姿态面对一场无关紧要的争论，连走路都刻意迈开步子，走得风风火火。

直到年少的锋芒逐渐在现实里收敛，我才发觉，那些内心还潜藏着的飞扬跋扈和惊涛骇浪的个性，都只不过是旧日的幻想，刻印着一个年轻人漂浮的自恋。

从小到大，为了适应复杂的世界，我们给自己穿上了厚厚的铠甲，俨然是一名战士。这身刀枪不入的铠甲为我们赢得了周围人的赞许。

同时，却也把那个亟待发育的内在小孩，深藏在铠甲里。直到赞许褪去，我们才猛然惊觉，根本就没有什么敌人，从来就是自己一个人在作战。

所有的赞许，只是观众给予一位独自挥舞的战士的喝彩。而可怜的战士，你为何要为他人空挥舞?

为了让自己被人记住，我一次又一次在内心塑造一个不像自己的自己。比别人更坚强，比别人更能伪装，比别人更能委屈自己，也比别人更柔软。

直到有一天，遇见真正的自己，他告诉我：不要太辛苦，做你自己就好。

于是，终于愿意相信：大多时候我还是一个温和的人。没有捋起的袖子、没有激昂的雄辩、没有强势的语调；有的更多是安静的倾听、赞同的点头以及迎面的微笑。

只有要先学会和自己温柔相处，才可以和这个世界温柔相处。

我愿做个无名氏，把自己的才华隐藏，爱我所做的事而不炫耀，行善而不求名闻，这些都是好的。

虽然这些行为不会使我有名，我的照片也不会在报上出现，政客也不会登门造访，我只是一个活得默默无闻却富有创造力的人，但这其中已具有丰盈和圆满。

就是这样，随着理想自我中的那份叱咤风云在时光里销声匿迹，取而代之的，是我对温柔的认同。

我由衷地希望给自己和这个世界，多一点温柔。

我甚至觉得当年对意气风发的成功者形象的追逐，其实包含着太多凌驾于弱者之上的优越感，我想这也是冥冥之中我抗拒成为那个角色的原因。

于是，温柔成了新的理想自我。我似乎听到了内在小孩的呼唤，呼唤我去做一个真实而温柔的人。真实是我的内核，温柔是我的向往。

一切从尊敬自己开始。尊敬毫无经验的自己，尊敬一无所成的自己，便无法作恶，便会无法做出不配为人的轻蔑举止。

改变活法，能让我更接近自己的理想，这样开拓我的可能性，并给予我将其变为现实的力量。

夜晚的城墙下，卸下了铠甲，我抚摸着内心的小孩，告诉他：你不必成为一名战士，只需要做一个，真实而温柔的人。（佚名）

我不敢休息，因为没有存款；
不敢说累，因为没有成就；
不敢偷懒，因为还要生活，所以坚强、拼搏成了我唯一的选择。

但是所谓的努力让我看起来就像无头苍蝇在玻璃罐中乱转，
殚精竭虑却可悲可笑。
原来并不是看了伟人传记，就能成为伟人，
并不是看见别人成功的渠道，自己就同样走得好。

和硬撑的自己，说声对不起

亲爱的自己：

即使别人眼里的你是差劲的，
你也一定要认为自己是优秀的。
你无法阻止任何人对你做出差的评价，
所以要给予自己多一点点的温情。

最可怕的不是他们都不爱你，而是你自己不爱自己。
这样的自己跟着你经历了很多，说声对不起，
多年来一直被折磨。

世界那么大，谁都想去看看，于是很多人选择辞掉稳定的工作，去遥远的城市。

我也像每一个出门在外的年轻人那样，感觉自己一刹那步入了璀璨的世界，放眼望去，到处都是金光闪闪的机会，每天都有一跃而起的年轻人。

于是我马不停蹄地去寻找机会，精神紧绷地面对工作，为得到肯定拼命对别人好，为达到目的还做过不少傻事。

年轻的时候，人总是笃定自己是最好的，也笃定只要尽力了，就一定能做到最好。可偏偏就是怀着这样的笃定，每一件事的结局，都和想象的不同。

同样是上班，有人听着歌哼着小曲蹦蹦跳跳，有人皱着眉头睚眦必报；同样是下班，有人做饭摄影逛街聚会，有人烂醉号哭死宅。我的生活为何如此不堪？

小时候每个人都觉得自己最独特，长大后开始否定自己。

人生大概就是在不停的莫名自信和自卑中摆动，直至寻求到平衡点。

后来发现最好的状态是对世界保持谦卑，对自己保持独立，然后充分地认识到自己到底是个什么样的人。

我来到遥远的城市，是因为心有所愿。那一刻我发现，我的所有担忧恐惧归根结底，是因为我认识到自己还不够好。

我们害怕，只是因为我们和想象中的自己相去甚远。我们害怕，是因为我们追求的，有时候并不是真正的“梦想”，而是那些“别人都拥有的”。

年轻的时候，谁都经历过失败，谁都有无法发泄的心事，偶尔有负面的情绪，其实并没有错；看见别人的好就想要得到，看见别人能做到的，就以为自己也可以。

这种想要变得更好的心，没有错。错的，是我们在追逐梦想的过程中，会偶尔忘记自己究竟喜欢什么；错的，是我们没能先去承认自己并不完美，就急切地想要去追求并不存在的完美。

逃避自己的人，只能导致自己世界的崩塌，而变得越来越没有安全感。充实只能从内到外，安全感也永远是自己的最可靠。

没有在深夜痛哭过的人，不足以谈人生。没有先认识到自己的软弱的人，不足以谈坚强。这种坚强与故作坚强不同，它扎根于大地，不会被风一吹就倒。

所谓的成长，就是越来越能接受自己本来的样子，也能更好地和孤单的、失落的、挫败的自己相处，并且接受它。谁都会有低落的时候，但是不要让它影响你向前就好。

当你开始承认并接受不够好的自己，你才不会在做错或失去的时候佯装坚强地说“我不在乎”，而是懂得收拾好失望的情绪，继续向前走。走到某一天，你将明白自信与笃定的应该是什么。

到了那一天，你发现就算结局很糟糕，你依然不会倒下。而你经历过的一切，哪怕看起来支离破碎微不足道，也是属于你的独特财富。（佚名）

人都是这样吧，有时会没原因的闷闷不乐，
有时会钻牛角尖，胡思乱想感觉自己很差；
有时又会觉得心情特别好，无所不能，
没有什么事可以打倒自己。

这两种心情我都会有，出现的频率差不多，
经常被情绪牵着走，不知道自己要什么，
时间就在这样的反复当中过去了。

遵从内心，活在真实里

亲爱的自己：

你真的很重要，每一个人都应该有勇气这样说。
你的地位可能很卑微，你的身份可能很渺小，
但这丝毫不意味着你不重要。

重要并不是伟大的同义词，
它是你的心灵对生命的允诺。
永远不要辜负自己的心，因为只有它能给你全部的爱。

在这个时代，总有那么一些人，习惯否定自己，充满了挫败、抑郁。看不到自己的价值，这也不好，那也不好，然后羡慕着别人的好或者幻想着一种理想的状态发呆。

否定自己的理由大都相同：年纪大了，找不到对象，觉得要孤独终老；无才、无貌、平凡到不被人注意，觉得这就是生活的悲剧；领着微薄的薪水，痛恨着自己没有能力。

拼命坚持着却找不到方向，弄丢了理想，觉得再无出头之日；能力不济毫不上进，觉得自己活该生活凄惨……

总之觉得自己毫无价值，一无是处，没有未来，找不到活着的感觉，也找不到生活的意义。

其实这个世界上，总有些人的有些方面比我们优秀，让我们惭愧难当。我们想成为那样，却没有做到，然后挫败，然后否定自己。可是谁又知道他们的痛苦。

一个人总是仰望和羡慕着别人的幸福，一回头，却发现自己正被仰望和羡慕着。其实每个人都是幸福的，只不过是你的幸福，常常在别人眼里。

每个人都有优缺点，每个人都有好的一面和不好的一面，我们要做的仅仅是不要比较而已。我们不可能成为完美的人，不可能在所有方面都是最优秀的。

既然没有完美的人，那我们只要多看看自己优点和拥有的“资本”就好了。我们都是半杯水，看你看到空的部分，还是看到有的部分。

我们拥有的太多资源被我们忽略了，以至于我们常常在挖掘自己的优点或价值的时候，也难以找到。

我们享受着办公室的空调，却感觉不到；我们健健康康的，却感觉不到；我们父母曾好好爱我们，我们感觉不到；我们还能够在年轻的时候奋斗着，却感觉不到；我们能吃饱饭，却感觉不到。

我们身上每样东西都是资源，只是看到的角度却不一样。

有的人会因为胖而自卑，有的人则会称自己“唐朝美人”，后者更容易招人喜欢；有的人会烦恼自己不善言辞、不善交际，有的人则欣赏自己的文静和羞涩，后者就懂得欣赏自己；有的人会痛恨自己太固执失去了太多机会，有的人则欣赏自己的坚持。

没有一样特质是好或者是坏，只是我们身上的一样特质，我们用了褒贬的形容词来形容。但当我们把它还原，它依然只是我们拥有的特质。倔强其实就是坚持，讨好其实就是爱心，指责其实是力量。

年近三旬是成熟美，长得太平凡则是安全，防御是因为保护自己。如果我们褪去了比较和评判，那只是我们身上的特质而已，无所谓好坏。

我们不需要把自己变成圣人，但我们依然可以用神圣的感情去做事情。我们常常以为自己一无所有，实际上我们已经拥有了很多。微笑、感情、真诚、健康……所有这一切都是无价之宝。

我们都是半杯水，没有人会是一满杯。有空的部分，也有满的部分。看到什么，则就有什么。（从非从）

我时常感到自己一会信心十足，一会又自信丧尽。
我想象自己完全无能，毫无魅力，没有价值，
同时我又觉得自己是天生我才，并且可以计日程功。

在我充满自信时，连最大的困难也能克服，
但哪怕一次最微不足道的失误，
也叫我确信自己仍旧一无是处。

如果不能完美，就请力所能及

亲爱的自己：

我们一直试图寻找一个公式，关于幸福和爱的公式。
我们为了这个公式能够得到美好的解答，
牺牲了很多，最终却仍未换来这个公式的正解。

可是，所谓幸福，就是接受自己的平凡和普通，
然后用这个平凡、普通的自己，
去追寻不平凡、不普通的梦想。

很多人说起自己总是那么无助。在城市里奋斗，什么都没有；缺点还那么多，不会做饭，没有办法照顾好自己；专业能力差，工作总是做不好；性格内向，找不到心仪的对象。

还有，做事优柔寡断，总是失败；没有幽默感，人缘差；任性冲动，低级错误一犯再犯；安全感匮乏，没有至交好友。还不算完，生活凌乱不堪，意志消沉，整日迷茫不知去向……

还有很多人说，自己犯了多么低级的错误，有多么不可饶恕的过错，以至于天塌下来了，无处躲藏，只想逃离。

仿佛自己是世界上最不幸的人，没有能力可以在这个城市生存下去。只是在坚持，因为无路可退，却迟迟看不到出路。

既然这么差劲，是什么让你活到了现在？

你说你不会做饭，没有生活能力，可是你没饿着、冻着，没有大病，还活得健健康康；你说你没有专业能力，可是你还领着薪水，不负债，自己养活着自己，偶尔攒攒小钱。

你说你优柔寡断，拖延成性，可是你还是做出了那么多决定，做完了那么多事情，有了那么多成就。

你说你性格内向，邋遢不堪，可是还有那么多朋友关心你，愿意和你做朋友，愿意帮助你，也接受你的帮助。

你说你任性冲动，内心幼稚，可是你还是闯出了自己的一片天，积累了很多别人难以企及的资源。

你有那么多缺点，那么多的挫败、无助，可是到现在你不仅活着，而且活得好好的。如果你真的像你说的那么差，那你该步履艰辛，桥下乞讨，好让自己活下去，可是你没有。

你完成了这么多，长到这么大，还好好的，说明你还是有很多好的地方，可以让你做到这些。

价值感低的人总是不愿意看到自己的好，只喜欢看到自己的不好。似乎做好了是很简单很正常的事情，但是做不好却是因为自己太无能。

你有 100 个不好，同时你会有 101 个好，你要相信你的好总会多于你的不好，所以你才能够活下来，而且活得这么好。

你要做的，不是盯着自己的这 100 个不好不放，而是找出自己的 102 个好，当你找着找着你就会发现自己能创造出更多的好。

不必为性格的部分缺失而感到痛苦和无助，你已经做得很好了，你可以努力做的更好，但是不必非要做到才能认可自己。

就像小时候参加奥林匹克竞赛，能参加，已经是种优秀了，你可以努力获得一等奖，但是不必为得不到一等奖而否定自己。

为什么我们会这么要求完美，不愿意看到自己做到的，只愿意盯着自己的不足。因为我总是希望自己得到 100 分，得到满满一杯水。

可惜水满了就会洒，所以接纳自己的不完美并不影响我们成功。时刻记得，你的不好并不会抹掉你的好，你的不好也并不影响你的好。（佚名）

第四章

原谅时光，记住美好

不经意间，一场花事，一段相逢，一个偶然，与你匆匆擦肩而过。无限怅惘，总会在回首的瞬间涌满心间。

总在错过与得到的边缘徘徊，不知下一个季节，会不会再有重逢的喜悦与感动。人生匆匆，走过了也就错过了，唯有珍惜即时的拥有，生命的记忆里才会少一些悔与恨。

有些美好的东西，在拥有的时候，常常熟视无睹，
只是在某一瞬间，感觉快要抓不住的时候，
才会看到遗憾、愧疚、悔恨。

比如时间，我一直在荒废，
偶尔的一根白发，才知道青春易逝；
比如爱情，遇到了不珍惜，
错过了方明白现实是如此残忍。
有些东西失去了，却比拥有更让我刻骨铭心。

唯愿抱紧眼前人

亲爱的自己：

得不到的你不甘心，得到了怕失去，
总以为别人都比你好。
生命在闪耀中峥嵘，在凡俗中真实，
属于你的就是心仪的，拥有的就是最好的。

今天要倍加珍惜，错过了不会再来；
昨天已随风吹散，无须遐想既往的情结；
明天还很遥远，只能在当下的努力中嗅出它的味道。

《抱紧眼前人》是梅艳芳的一首歌，也是她曾经说给赵文卓的一句话。

有一天加班结束的时候，一个人在办公室里看陈志云访问赵文卓，看到赵谈起梅艳芳的时候，我就开始不可自控地哭了起来，倒也没看到什么煽情的话，就是觉得很心酸，看到赵努力平静地说起那些过往，只感到心酸。

有缘无分，这简单的四个字遮盖了多少过往曲折没人知道。

缘分这个东西很奇妙，它来的时候你挡不住，走的时候你拽不住。无论善缘孽缘，你也只有接招的份儿，做不了主。

小的时候我会想，那些过往究竟应该怎么办？那些永不再回来的感受怎么办？为什么那些感情不能留下来？为什么那些爱恋不能一直存在？

长大之后其实还是会钻牛角尖，但是已经学会承认，发生的这一切都是必然，不会因为你希望就留下，不会因为你不喜就消失，我不觉得一定是冥冥中有注定，但是我相信性格决定命运。

小时候总会觉得，谁和谁都是那么好的人，为什么会分开？他们曾经有过那么好的感情，他们怎么再恋爱？

截止到目前，我能想到最好的方式，就是把过往的记忆装进盒子里，放在一个角落里，你知道它在，它永远都会在，无论你何时打开它，那些喷涌而出的画面都历历在目，可你不去碰它。它在，就够了。过去的事情要勇敢地翻页。

我渐渐相信，若走不到最后，便是不适合。最后是什么？最后是垂垂老矣而你在身边，最后是我终于确信遇到你是我人生中最好运的事情，最后是我终于捡到了命运的大便宜。

每次恋爱，都以为是最后一次恋爱。

在这个年纪，我依然相信感情，很奇怪，其实大部分时候我是不相信它的，可是如果真的让我选彻底地相信它或者不，我还是会选相信。为什么？我不清楚，可能是因为我乐观。

我相信那些伤害了别人的人会温柔地对某一个人，我相信那些欺骗了别人的人会真诚地对某一个人，我相信那些坏透了的人仍然会拿出一颗真心来给某一个人。

如果他们没有遇到那个人，我也会觉得这是不幸运的事情，这世界上最不幸运的事情，在我看来也不过是最后都没有一个你可以完全无防备地相处的人，而且，对方也喜欢你。

我的世界观不够宏大，思维不够有高度。但够用了，能扛住大部分的生活。

如果一个人因为愚蠢失去了他喜欢的人，在我看来是一件合理又不幸运的事情，若你不懂珍惜，给你宝物又如何？不要因为愚蠢而失去，不要因为侥幸而失去。

尽管最后如同过路人，唯愿抱紧眼前人。（十块好运大王）

我总是很矛盾，当我去相信时，被骗的遍体鳞伤；
当我习惯性的怀疑时，却偏偏有人那么善良，
让我觉得对他们的怀疑其实是自己不善良。

所以，只能选择相信别人时，不忘记有原则的提防；
被别人欺骗时，绝不放弃对其他人的善良，
这样才不会对这个世界彻底失望。

给自己一个原谅生活的理由

亲爱的自己：

有的人，有的事，有的地方不尽你的意，
或者你想用自己的方式改变他们，却没有“得逞”。
你坚持的越久，痛苦就越持久。

幸福是学会与不能改变的一切和平相处。
在每个你不喜欢的人、事和环境后面都有值得你原谅的理由。

这是一个浮躁的世界，就像花儿急于绽放，却被倒春寒击退了热情；或许是深深爱慕的一个人，却急于把甜美的微笑献给了随便的一个旁人：再或者是想要出走的心，在急急忙忙中只是收拾了行李，却忘了打包心情。

我们都在忙着赶路，有时烦得急不可耐，有时累得垂头丧气，有时惨得一败涂地，有时沮丧得捶胸顿足。

如果问你：忙来忙去为的是什么？你肯定会狠狠地痛训几句：现在的社会，你不努力谁会把你当人看！

我们处在这纷扰的社会，凌乱的氛围搅合着我们的情绪，丑陋的潜规则扭曲着我们的价值观，一切的一切本不是我们愿意接受的，可到了交际场上我们还是满脸堆笑的举杯畅饮。

我们永远都不知道别人身上发生了什么。笑不出来的服务员，已经离家很久、没见孩子很久。破口大骂的开车师傅，家人刚刚遭遇不幸。冷漠不扶老人的路人，是曾热心却被敲诈。被车撞还要上班的青年，是真需要钱。

与爱相比，所有的错误，所有的误会，所有的纠结，又算什么。谁的人生不是沟沟坎坎，给自己一个理由，原谅对方的同时，也是原谅自己。

我们都曾经有过这样一段时期：对工作不甚满意；总是和身边的人格格不入，对一切都感到焦虑；有着今天付出一切，明天又相别陌路的爱情……每个人的生活都在上演各种各样的悲情戏。

遇见很多人听过很多事，才知道，每个人的生活都是千疮百孔的。有些人已经被命运磨去了表情、磨裂了情感、磨光了善良、磨平了自尊。

我们认为自然而然的东西，在别人那里可能就是巨大的挑战，每个人的成长都有源头，保持对他人的体谅，也是给自己绝处逢生的机会。

我们不能天真地以为快乐和幸福会一直存在，生活总会在最幸福的时候给予我们沉重的打击，让我们明白幸福的可贵，以及我们有多么脆弱。但是，我们要原谅生活。

它给我们痛苦，是想让我们学会珍惜、坚强，变得成熟。如果想要改变现状，就得付出努力；如果勇于发问，也能得到一种回答。所以，认真对待你的生活，生活会给你意想不到的惊喜。

当觉得生活对你不公平的时候，就打开那把叫作原谅的伞，微笑着抵御生活的风雨。当风雨离去，生活会还你一片蓝天，赠你一道彩虹。

给自己一个原谅生活的理由。跟自己说声对不起，因为总是莫名的忧伤；跟自己说声对不起，因为为了别人为难了自己；跟自己说声对不起，因为伪装让自己很累。

跟自己说声对不起，因为总是学不会遗忘；跟自己说声对不起，因为很多东西来不及珍惜；跟自己说声对不起，因为倔强让自己受伤。

生活还在继续，我们终究会微笑着原谅自己。（佚名）

世上三件事：自己的事，别人的事，老天爷的事。
我的烦恼来自：忘了自己的事，
爱管别人的事，担心老天爷的事。

要开心很简单：做好自己的事，
不管别人的事，别想老天爷的事。
但让我无奈的是：既要做好自己的事，
又不能不管别人的事，还总操心老天爷的事。

岁月无声，无悔这一程

亲爱的自己：

总有一天，你会笑着回望那些早已缝合的伤痕。
没有谁值得羡慕，没有谁可以被嘲弄，
不如在阳光下灿烂，
在风雨中奔跑，做独一无二的梦，
走自己喜欢的路。

如果曾经的心结，任谁都解不开，
那就把它系成花的造型，装饰这一波三折的人生。

生活若是有姿态的，那该是一种优雅，生活若是有味道的，那该是一种馨香。人生是一场见证，见证一场又一场春夏秋冬，花开花落。

一辈子很短，短得甚至让我们来不及感叹，就已叶黄归故土；岁月无声，它偷走了我们的青春，改变了我们的容颜。

那些被偷走和改变的，都藏在褪色的老旧照片里。翻过一页，便是青春的一次再现，只是那些岁月已经触不可及。

时光老了又老，我们也不再年轻，有些事，经历过，有些人，相遇过，那些深深浅浅的人生痕迹，是残留在沧桑岁月里的精美诗句，成为我们生命中的经典。

也许变化的是我们的心，被岁月磨炼得更加韧性，更加沉淀。岁月或许把人变得俗了一些，世故了一些，但至少它也把人变得更加成熟，更加懂得放下，但我们的心依旧年轻。

无论生命赋予我们什么，相不相信来世，应该始终相信今生今世就是我们来到的最好天堂。

人生随着时间游走，我们都在演绎着各自的精彩或平淡，其实每个人都一样，只是一个在时光中迈步前进的人。

有时很想一个人安静一下，去聆听和阅读那些在繁忙中失落的时光。在光阴斑斑驳驳的印迹里，苦痛的时候，停下来看看月亮在天空的敞亮。

那一刻仿佛觉得，一切都可以衍生开来，平庸的生活可以变得再伟大一些，弱小的自己变得再勇敢一些。

时光剪碎过往的风花雪月，留给我们相濡以沫的岁月静好。人生是一场又一场离开，熟悉的陌生的，曾走近又走远的。

我们难免会有着太多对于生命的感慨和命运的落差，总是会有太多的不尽人意和失意的怀伤和丰富的情感。

但是只要活着，就没有真正的绝境，那些低到尘埃里的花，那些飘到云端上的梦，那些爱过的恨过的种种，经年后，只剩下宽容和感动。

经历无数的风景，留下生命的痕迹。感悟着这份沧桑和无语，感念着这份潜藏与风雨。或许这世界上，有很多东西让人无从把握，却又永远无法遗忘。

生活赋予了我们太多，回眸处，所有的不确定，都妖娆成了或浓或淡的风景。人们走过的人生路上，并不见得只会有姹紫嫣红的烂漫山花和此起彼伏的人生喝彩。

生命是一次懂得，用心灵真诚的去捕捉，懂得生活，学会生活，懂得洒脱取舍，不舍不得。有些人不会忘，由于不舍得；有些人必需要忘，因为不值得。

但正是光明的高潮和黑暗的低谷铸造了人格的成熟，磨砺了人生的意志，使人迸射出惊人的聪慧、勇气和创造。

用有限的生命珍惜无限的时光，执着守望中自有满心期待，微笑面对自有春暖花开。我的人生我会尽力而为，无悔爱过。(逝者如斯夫)

最想流泪的时候，死撑着不肯落一滴眼泪；
最想挽留的人离开时，咬紧了牙不肯说一句挽留；
心里无数次叫嚷着想投降，
脸上却佯装出一副毫不在乎。

那一刻觉得自己好坚强，
青春就在疼痛的坚强中一天天消耗光。
过后才懂，因为软弱，所以逞强，
总把自尊看得比命还重要。

若还有暖意，便是时光赠予的明媚

亲爱的自己：

世上大多都是像你这样的普通人，
日子不在高岗，也不在谷底。
所以人生要有这样的时刻，
发自肺腑地想要感谢命运赐予的平和，
所遇到过的那些陪着你走过几程的人，
也许未来你们山水不再相逢，
但还是祝愿每个人都活成自己想要的样子，
才不枉这一场相逢又别离。

时光还是不慌不忙地向前，我却不再是当初的那个少年了。

生命中总会出现这样的一些人，我们可能面对面吃过饭，挤过公车，面对面走来，擦肩而过，一生就这一次的相遇。

我不知道对方的故事，对方的悲喜，总想这匆匆的相遇是为了什么？难道仅仅就是一生中的匆匆一刻？

是什么机缘让我们慢慢地熟悉起来，让我们试图去了解彼此的内心。我们已经忘了是怎么样的一个开始打破了彼此的陌生，试图走进一个人的内心有时何尝不是一个艰辛的工程。

也许当我向一些人表明心意的时候，就应该想到会有伤害和失落，如果我藏着掖着，那些只属于自己，这样我便是安全的，但这样却也是压抑着自己。

世间可能存在这样的两种人，一种是受伤害之后，封闭自己的内心，害怕再次受伤。还有一种，受伤之后，觉得所谓的情感也只是虚妄，看似在人际关系中处得八面玲珑，却再也没有真诚地对待过人。

无论怎样，这两种人都是可悲的。世界这么大，足以让我们错失某人，总有我们不曾见过的风景，不可能一一领略。

我们是否还在念念不忘生命中的那些离别，错过的遗憾，怀念那些离去之后，却再也没有相见的人们。抑或是心底深处某个伤口最初的伤痕累累？可时光就是这样，有条不紊地走着。

我没有月光宝盒，有时想想如果可以再次选择，还是那个结果，还会不会去经历。我想每个人都有自己的答案。

一个人不会总让我们觉得感动，他不可能每次都在你淋雨的时候、感冒的时候，在你身边，即使这样我们也会习以为常，生命多半是平淡。

余华说："'活着'在我们中国语言里充满了力量，它的力量不是来自于呐喊，也不是进攻，而是忍受，忍受生命赋予我们的责任，去忍受现实给予我们的幸福和苦难，无聊和平庸。"

一生很长，长到想不出要多勇敢才能承受所有的挫折与煎熬；一生很短，短到想不出要怎么珍惜才能不负所有的关爱与祝福。

可我该淡然了，因为一生再长，也终将老去；一生再短，此刻我还鲜活。唯一能做的便只有顺着自己的内心和顺着时光的脚步。

下一站谁知道会遇见谁，又会错失谁，那些故事等着我去经历，经历之后便有了回忆，便有了温情，以证明我曾经真实地来过这个世界。

用了心也付出了爱，有泪水也有欢笑，有失去也有得到，有遗憾也有感激，有过孤单也有过陪伴，这便才是真正的生活，不会像死水一样沉寂。

我们都是一条流动的河流，有些清新、有些污垢，我们崎崎岖岖，蜿蜒而上，顺流而下，随波逐流，一意孤行。

我们相遇，并肩。就一次相遇，我们欢快，激起水花；分别，我们心如止水。这才是我们该有的心态。（佚名）

没吃过的东西总是被我幻想成最美味的，
没试过的事情一定是我心里头最值得期待的，
没得到的爱人一定是我为之辗转反侧的。

我知道，得不到的永远是最美的，其实是病。
我总是羡慕着别人车窗里的风景，
总是怠慢了我手边既得的宿命。

我们都忘了，幸福不需要选择

亲爱的自己：

宝马车上未见得幸福，在自行车上也不是一定悲催。
只有当你得不到的时候，
你才会很容易认为那得不到的一定是最幸福的事。

然而幸福本身却并不与此有关，
幸福的选择在于，你对自己的满意程度是多少。

每天都生活在无数的选择中，社会太残忍，现实太冷峻。我们选择一切能保护自己的东西，选择一切对自己有利的情况。

选择前进的方向，选择撤退的路线，选择能让自己对得起良心的理由，选择让别人觉得自己无可奈何的方式。

我们用选择对自己的人生负责任，并试图以这种方式离开那些不想负的责任。选择成了我们每天醒着的时候所必须面对的一道题目。

然而，我们都忘了，当我们心中有真正想要的时候；当我们敢诚实的面对自己的时候；当我们能为自己所做的事情负责任的时候；当我们不再在乎别人的眼光的时候，我们其实是不用选择的。

很多时候，我们在自己的生活中与别人比较着，并试图超过别人一点点。只要微弱的一点点就会让我们产生无比强大的优越感。

我们在这种胜利中寻找着自己人生的意义和价值，寻找着我们比别人更值得骄傲的强大，寻找着我们继续前进、努力的力量。

当生活的浪潮把我们无情地拍在沙滩上的时候，当我们难过的想死的时候，我们看一看活得不如我们的人还在挣扎着，就不想死了。

一只泄了气的皮球就这么重新鼓了起来，乐此不疲的到处蹦跶。但其实我们都忘了，忘了我们最初的梦想与追求。

当我们站在同一起跑线上，每个人对前方、对未来都有一个梦想和希冀。只是走着走着，我们经历了太多的坎坷与挫折，经历了太多血与泪的故事，渐渐学会了保护自己，用一种比较的方式。

然而我们忘了，我们其实是不用比较的，因为我们有着不同的梦想。每个人的追求不同，以不同的方式面对痛苦、获得快乐，因为不同的事情获得强大的成就感。

都说人就这一辈子，怎么过不是过？但是每个人都希望自己比别人过得好。但是想一想，谁能永远是那个过得最好的人呢？我们现在只能比一些人过得好，比另一些人过得糟糕。

当我们看着别人的时候，我们羡慕了、嫉妒了、同情了、难过了，因为我们都忘了，那是别人的生活，不是我们的。

想想亲情，想想友情，想想爱情，人生，不过一个情字，衍生出了无数个悲欢离合的故事。当我们拥有的时候，我们想要更好的；当我们失去的时候，才发现我们曾经拥有过最好的。

因为我们都忘了，不是握在手里的那些不够好，而是我们拥有一颗不知满足的心。

人生很短，人的一辈子可以过得很温暖。只是我们常常忘了，我们的生活已经很幸福了。我们拥有的已经是最好的了。

我们当然可以变得更好，却是为了让我们更加幸福，而不是为了比别人过得更幸福。

下次，如果我们又忘了，那么，抬头看看天，或许会想起来。（佚名）

小时候能吃到一块水果糖就幸福得找不到北，
年轻时收到一封情书、结交一个朋友、
吃一次西餐，就会感到幸福。

而当事业、爱情、家庭、金钱什么都不缺时，
我们却找不到幸福了。
一会儿寂寞，一会儿忧郁，
仿佛全世界的委屈全集中在自己的身上。

最美不过小时候

亲爱的自己：

为什么你那么喜欢小时候？
因为它简单。就连考试题，也不外乎就是对与错，
生活则不同，绝非只有对或错的解释。

太多人习惯了站在道德制高点摇旗呐喊，
但真正的生活依旧是那袭华丽的袍，爬满了虱子。
理由一大堆，其实就一样，就是不知足。

小时候，天真，容易满足，吃一毛钱的辣条，喝一毛钱一袋的冰水，天天都是脏兮兮的，袖口总是油光可鉴。

永远不会有无聊的时候，总有做不完的游戏，老鹰抓小鸡、跳皮筋、踢毽子，玩一万遍都不会觉得烦。摔倒了，趴在地上不起来，扯着喉咙大声哭，喊了半天也没一滴眼泪。

小时候，在外面受了委屈，哭完再回家，不敢让妈妈看见。家里蒸馒头、包饺子，总爱帮忙，为的是能玩一回面。还特别喜欢把手在米缸里叉来叉去地玩，把米撒得到处都是，开心得嘴都合不上。

小时候，总听妈妈说自己是从别人家要的，心里就特别难受。最喜欢过年，穿上新衣服，走路都觉得气派。

小时候，最害怕老师，最害怕请家长，最害怕同学说“我告你”。考完试不敢把试卷拿回家，最怕让父母签字，然后偷偷当自己的家长。

小时候，在家里什么都不干，在学校里却很勤快，不用老师交待，把一切都做好了。

小时候，用圆珠笔在手腕上画了个表，还有时间。从来没用完过一块橡皮，要么是丢了，要么是拿小刀切块了。经常把一张写有“我是乌龟”的纸贴到同学背上。

小时候，把课桌当宝，和同桌划界，谁都不能过。满世界乱跑地玩，在假期快要开学的前几天拼命地赶作业，胡乱写，编答案，还把暑假作业偷偷从中间撕去几页。

小时候，一直以为泡面和包装纸上的图案一样，丰盛无比，尤其是带肉的面，总以为面里有肉；长大了才发现上面写着，图片仅供参考。

小时候，一放学就要急着把作业做完，然后才玩；长大后，作业一拖再拖，到最后还可能是从别人那里弄来的现成的答案。

小时候，看电视最晚 9 点就睡了；现在都要熬到后半夜，对着电脑发呆却迟迟不肯睡。

小时候，写联系方式的时候，就是家里的电话，最要好的几个朋友的电话都会背；现在握着手机，存了那么多号码，能真正背出来的又有几个？有时候自己换了个号码都背不出。

小时候，有 5 元、10 元就觉得富裕的不得了，能买上一大堆东西，1 毛钱花哪里了都说得出来；现在有再多也觉得钱不够用，吃的、穿的、玩的，也不知道花在哪里。

小时候，去谁家吃饭都一定挑最爱的吃，吃到饱为止，长大了总觉得不在家里就不自在，总是先扒几口饭，再吃些离自己最近的菜。

小时候，以为人与人之间，就是我跟你好和我不跟你好了，现在才发现，人与人之间，有喜欢、忍耐、包容、感恩，甚至还有背叛。

小时候，笑着笑着就笑到肚子痛，长大了笑着笑着，怎么就笑出了眼泪。

小时候，牵着我手的老人，我以为他们不会离开，等我长大了，他们都看不到了。

我们的小时候，好像一样，又好像都不太一样。还有那么多事都来不及记起，来不及诉说。小时候，你还好吗？在回忆里冷不冷？

小时候，你对我是否满意？请你告诉我要坚强，我知道只有你没有受过伤，只有你才会真正乐观地告诉我世界可以很美好，而我可以很勇敢。

小时候，我要走了，走到前面去了，我会带一个大大的、温暖的、笑起来像风铃一样的未来，来看你，记住要等我。（佚名）

多少黑名单，是曾经的特别关注；
多少互道晚安，如今变成了呵呵与再见。
没有一段感情是永恒不变的，
也不会有多少朋友一直守在身边。

就像听一首歌，调子喜欢就围在一起，
曲终人散，就好好道别，不再打扰。
可惜我和很多人一样，
只会享受甜蜜，不会处理告别。

但愿每次回忆，都不感到负疚

亲爱的自己：

每个人都是自己生命这出戏的主角，
所以你觉得自己的爱最曲折，自己的苦最艰难。
你只是太陷入自己的剧情，时刻都在发生着悲欢离合，
你的痛只是顾影自怜，你的熬只是孤芳自赏。

生命如此短暂，相遇与别离，
唯一的意义是让自己懂得和成长。

在这个世界上，有许多没来由的伤害乘虚而入，因为太痛，所以你不忘，也不敢忘，旧伤疤没有愈合的一天，那上面叠满了你亲自留下的新鲜伤口，而你竟然在那强烈的痛楚中，才深刻地感觉到自己真实地存在。

总是有很多人安慰你："没有什么事情是过不去的。"的确，所有的事情都会过去，过不去的，是你被撕扯得千丝万缕的心情。

很多事情过去了，但你仍然不明白，仍然想扭转情节，仍然想改写结局，更多时候，你只是想记得，不想忘记。

每天上班、吃饭、搭公交车，买快餐回家看电视、睡觉，像一具游魂，忠贞是一种习惯，信任是一种习惯，生活也是一种习惯，习惯到最后就麻木了，所有的一切理所当然，理所当然到有点儿乏味。

一种深沉的悲哀如同冬夜里静静落下的雪，层层覆盖在你的心上，不知道那悲哀从何而来，也不知道悲哀的颜色，你只能感到自己好像一个透明的幽灵，渺小地、没有重量地存在着。

直到有一天，你对某人的高度信任碎裂瓦解，或是他如同扑熄火苗般无情地将你的希望全数毁灭，那一瞬间天崩地裂，你痛到几乎魂飞魄散。

没有人喜欢深陷在痛楚中，却有很多人难以拒绝痛楚的诱惑。

因为痛楚让你感觉到自己真正地存在，痛楚是一种刺激，激发出你心底最深层的憎恨与悲伤，你像是要毁天灭地那样地哭、那样地愤怒，过去你竟然从未这么深刻地存在过，整个世界仿佛绕着你癫狂的情绪打转，整个世界只有你。

有人曾问智者，为什么很难原谅别人？很难放下过去的伤害？

智者曰："它们是你拥有的全部，你不断拨弄着你的旧伤，以便它们在你的记忆中保持新鲜，你从不想让它们被疗愈。"

你相信吗？疼痛是会上瘾的。它在你的眉心劈下那一刀之后，转身离去之前，你自己已经将那把利刃捡起，架在心上。

被母亲遗弃的孩子，选择不停回想母亲临走时无视自己的哀求，坚决转身的那刻；看到男友一边抽烟一边满不在乎地说“其实我本来就没爱过你”的女孩，则疯狂地在脑海重播那句足以剜破心肝的话语。

在恍惚的梦境里，在日常生活里，你不断重返被伤害的时刻，如同反复播放一卷录像带，从那千百次调阅的影像中，想找出一点点蛛丝马迹，是否在伤害发生之前已然有所征兆，或者还有一丝挽回的机会。

可是一切都来不及了。信任犹如粉尘被风吹散，自尊像是地面上的积水，太阳一照便蒸发无踪，破碎的爱与信仰只是过去遗留的回音。

到那时候，你突然发现，那片刻生命崩塌的记忆，竟然成为你唯一能够保留下来的物事。

原来只要不停重回那一刻，就没有来不及的问题。

于是你立起招魂幡，一次又一次召唤往事，任凭不堪的记忆穿透灵魂，在那强烈的痛楚中，你心中的记忆一次比一次鲜明。

哲学家尼采曾说：“只有不断引起疼痛的东西，才不会忘记。疼痛是本能，是维持记忆力最强有力的手段。”

你自残千百次，只为了记住他伤你的那一次。

或许是，你心知自己禁不起第二次的大意引来的悔恨，禁不起第二次被深深信任的人伤害。为免重蹈覆辙，你逼自己不能忘怀曾经像无助的青蛙，仰躺在桌上让解剖刀将你开肠破肚。

渐渐地，你不愿再向外界伸出手，生怕又有人会在上面划下见骨的一刀，你躲在过去的受伤记忆里，有一种奇异的安全感。

你已经复习过千百次的那个画面，脚下的柏油路旁有青草长出，远处天空有一片乌云飘来，还没点亮的路灯垂着头看你……被伤害的当下如同 4D 电影，你比谁都清楚每一个细节，比谁都明白下一步即将发生什么事。

一切都在你的预想之内。包括再一次重返现场的痛楚。

可是对你来说，这远比再被突如其来的伤害重击一次来得好。

到最后，你根本搞不清楚，为什么那个人当年划下的那一刀，过了五年、十年，甚至二十年后，还是汩汩地流着血，等不到愈合的那一天。

印度佛学大师寂天菩萨说："我们就像不明事理的小孩，在寻求痛苦的缘由时，却临阵退缩。"

事实上，有许多伤害本来就是一次性的，可是因为有了你的允许、你的执念，它才能像把锯子，不断地在你心上拉扯，而紧紧抓着那把锯子不放的人，其实是你自己。（陈默安）

第五章

世界如此温暖，没有人被排除在外

世界像件麻衣，很粗糙，却也温暖。总以为一条阴沟沉了的船，一份沉睡死了的爱，还怎么可能重生。但事实证明，就像蹉跎的岁月，沧桑了容颜，却也善待了承诺，有些人变了，但有些人永远不会变。

所以就算悲伤，就算流泪，也不要忽略了身边人。时光荏苒，生死无约，有一天，除了爱，我们什么都不会。

我容易满足，更容易受伤，
总有一种被忽视的感觉，付出的远远超过得到的。
我很固执，习惯冷战，
在别人面前笑得很开心，一个人的时候却很落寞。

我在陌生人前很安静，却在朋友面前胡闹；
坐在电脑前，不知道做什么，却又不想关掉它；
不喜欢等待，却总是等待。

岁月不长，可否对我报以温柔

亲爱的自己：

你安静，从不夸夸其谈，
但你又具备内敛的坚持和斗志；
你有不为人知的坚持，
却从不追寻这样的坚持有多么伟大的意义；
你乐意分享，也乐意倾听，
从不武断地给别人的生活上标签。

你是萤火虫，虽然你的光跟世界根本不值一提，
却能让身旁的人觉得安心，这样就够了。

有时候，我是这样的，看上去整天都很开心，嘻嘻哈哈，没有烦恼，像个小孩，会说玩是最大的乐趣，也很喜欢玩。

人多的时候我的脸上总挂着笑容，好多人都会羡慕我，其实是不想让别人看见我难过的一面。我没有能力独处，每当夜深人静的时候，我会坐在窗前冥想走过的点滴。

没有人读得懂我，想着想着，貌似快乐的我就会黯然流下一脸的悲伤，然后对自己说：其实也没什么，这就是命运。所以我整天逼自己笑，以此来逃避那些常人不得不承受的痛苦。

我看上去很坚强，在别人看来，我什么事都能微笑着去面对，但事实上我拥有世界上最脆弱的心灵，只是长期的伪装使得别人很难发现我内心深处的创伤。

我非常孤单，虽然常常跟一群人谈天说地，那只是因为我实在不能承受一个人时的折磨。

我只想简简单单、快快乐乐地活着，期待并且相信每个人给的笑容都是真心的，希望身边的人都是真的喜欢自己。

即使别人小小的意见，也会令我难过好久，我很介意自己不被人喜欢。因为我对别人总是比对自己好，把能对喜欢的人好当作幸福，喜欢别人比喜欢自己还要多。

我总是那样，前一秒还伤心的流着泪，后一秒出现在朋友面前的时候，已经满脸溢着灿烂的笑容。

有人说我是向日葵，是的，我在意的人就像是太阳，在面对太阳的时候永远是明艳的花瓣，而太阳照不到的背面，那悲伤藏得那么好，不愿被看见。

我向往放纵自由的生活，却为了别人很努力地朝另外的一个方向活着，很累很累，却仍心甘情愿。逐渐背离梦想，不得不面对从未想过的争夺和复杂，会恐慌，会不知所措。

只有面对最信赖的人时，我才会卸下盔甲，委屈地流下眼泪。因为在我心里，笑就是开心，哭就是难过，接近就是喜欢，远离就是讨厌。

哭过之后，擦干眼泪，说，没关系，我可以做的很好。

我看似无所不能，没有烦恼，好像什么问题都能轻而易举地解决，总是喜欢出现在流泪的人面前，笑嘻嘻地逗着笑。而面对自己的问题，却茫然无措，只会躲在人们看不见的角落里慢慢由伤口越裂越大。

我的想法很简单，说出来的就是心里所想的，无心的话可能会引起别人的误解。所以，请别记恨我，我从不愿伤害谁，小小的错误就能让我懊悔很久。

我非常单纯，谁要是不经意给了我一个微笑，我会一辈子记得他的好。我的世界观也很简单，容易受蛊惑，请不要轻易的伤害我的感情，因为一旦伤害了，那就将永远弥补不回来。

如果我是你身边的某一个人，请给予我哪怕是凤毛麟角的一点关怀，让我知道这个世界没有抛弃我。（佚名）

人到一定年纪就不自觉想多。
低谷的时候，告别的时候，无意受挫的时候，
由此刻想到以往和未来，由自己想到对方和周遭。

上车前看一眼父母，
就想到他们一整年的期盼和孤独；
被友人一句话戳伤，就怀疑自己哪哪做的不好；
无端生出一颗玻璃心，庸人自扰念念不忘。

我胆小，因为我的生命还属于父母

亲爱的自己：

你一定是担心时间有限，唯恐自己出错，再失去什么。

你从来不是一个人，你有爱你的家人，
他们都对你疼爱有加，把你当成手心里的宝；
你有爱你的朋友，遇到困难时总会无条件地帮你；
你还会有人生中最重要的另一半，
难过时会毫不犹豫给予你安慰。

我相信，每个人都是带着使命来到人间的。无论我们多么的平凡渺小，多么的微不足道，总有一个角落会将我们搁置，总有人需要我们的存在。

有些人在属于自己的狭小世界里，守着简单的安稳与幸福，不惊不扰地过一生。有些人在纷扰的世俗中，以华丽的姿态尽情地演绎一场场悲喜人生。

年轻时候的我们，觉得世界上的一切都不足以让人胆怯，每天想的都是如何冒险、如何闯荡。

每天都过得特别勇敢，脑子里根本没有危险这个概念，唯一的追求就是兴奋和刺激。那可真是一段傻到不可救药的青春。

随着时间推移，胆子却慢慢变小了。从前坐飞机，一遇上颠簸，权当是坐过山车，该看书看书，该睡觉睡觉。

现在坐飞机，只要遇到一点气流，手心就开始冒汗，脑子不断在想各种惨状，直到解除警报，心才算是踏实下来。

一开始我们都会对这样的转变迷惑不解。有时候夜深人静扪心自省，把它归咎为向世俗妥协的证明。但其实并非如此。

因为我们都无法想象，当父母听到关于我们的坏消息会有多悲痛。或者说，不是无法想象，而是不敢去想象。

每每看到关于不幸的新闻，我们就会无法抑制地代入到自己的情境里——如果我出了事，父母该是什么反应，他们得难过成什么样。这么联想下去，心情会像跳水一样直线跌落，直到谷底。

原来日渐长大的我们最怕的不是自己遭逢不行，而是怕父母因此而受到打击，一想到此，我们的内心就惶恐不安。

每个人年轻的时候，都想离开自己的父母，离得越远越好，不知不觉真就走出很远，与他们相隔千山万水。

有一天猛一回头才会发现，无论走多远，总有一根线连着我们和他们，那时候父母已经变老，腿脚不再利索，于是我们又折回头重回他们身边，和以前不一样的是，我们变成了大人，他们变成了孩子。

还年轻时，我们身怀自己，但并未看出它的存在，我们有大把的时候，却不懂得珍惜，还拥有爱，但是从未真实地感受过它。

直到花了很多年才明白这三者的真正意义，但现在，这些认知逐渐转变成了幸福。爱、自由、时间，曾经随意丢弃的这些，原来正是驱使我们前行的动力，而在这三者中，爱尤其宝贵。

10 岁挨了妈妈打，我们哭了；20 岁挨了妈妈打，我们怒了；30 岁挨了妈妈打，我们忍了；40 岁挨了妈妈打，我们笑了；50 岁挨了妈妈打，我们哭了……

10 岁因为无知而哭泣；20 岁因为不解而暴怒；30 岁因为知晓而隐忍；40 岁是为深知而微笑；50 岁因为感恩而哭泣。60、70 岁只能在回忆中追寻曾经温柔的触感。

所以，当我们发现不幸不仅仅只与自己有关，还会对我们的亲人产生巨大影响时，我们就会变得胆小、谨慎、裹足不前，但这不是懦弱。（佚名）

青春在手的时候，我不觉得它有多好。
后来的一天，我油然想起自己流过的傻气的眼泪，
想起曾经要好得可以一起睡觉的朋友，
想起苦恋过的那个人。

那时的我，毫无自信，卑微痴傻，
心中的酸涩岂是可以说与人听的？
这些都是青春，经过时间的滤洗，
只留下单纯和美好的记忆。
青春，是回首的好。

我们能留住什么

亲爱的自己：

当有一天你走出人生的迷茫，在夕阳下回首，
你身后那串歪歪斜斜、磕磕绊绊的步履，
便构成了你生命年轮中极珍重的一瞥，
时刻回想起来都会令你无限感动和无限欣慰，
铭刻心中挥之不去。

当微风吹散了夏天，吹散了所有的悲欢离合，
你早已在这个世界上微笑过了。

没有什么不在岁月中老去，是的，没有什么。我常想，当一辈子已经过完，当一切春色三分，一分泥土，一分流水，一分烟云之后，我们能在这个世界上留下什么。

也许，仅剩下了一个在亲人口中念叨着的名字。或者，即便是一个名字，也没有停留多久，很快便在别人的记忆中烟消云散了。

我们无法留住朝晖，我们也无法留住晚霞，能与我们厮守到底的，唯有息息与共的生命。就连一方低矮的山冈，春翠，秋荒，都可以阅尽人间无数的轮回。

而我们，却做不到。甚至，我们都抵不上遗落在风尘之外的一截断墙残垣，它静静地停留在那里，可以无尽地欣赏周边雀子的低飞，聆听夏虫的浅唱。而我们却做不到。

我们太渺小了。无涯的岁月，它在完成自我浩瀚的同时，不会在意一个卑微生命寂寞的存在。即便这样，如果我们最终不能亮成火炬，亮成灯塔，我希望，我们也要亮出属于自己的光芒。

哪怕只有萤火虫一般微弱的光亮，也要竭尽可能地在这个世界一闪——这就是我们活在这个世间价值。也许，那一刻，只要有一个人路过，他看到了，他也会淡淡地说，哦，这是一只萤火虫，它发出了属于自己的光亮。

我想，这，已经就够了。上大学的时候，曾经那么喜欢过一个香港的歌手，那磁性的嗓音，那潇洒俊朗的外表，以及他自己写过的那么多好歌。我以为，这样的一种美，会在岁月中永恒。

然而，十几年过去了，当我在电视中再一次见到他的时候，他坐在那里，遮掩不住的胡子，脸上纵横的褶皱，以及变了味道的嗓音，让我都不敢相信，这就是曾经在我的内心中追捧了许久的一个人。

那个节目，我没看完，我哭了。我发现，一种美破碎之后，它割伤的，是人的心灵。

是的，没有什么不在岁月中老去，财富留不住，千金终有散去的时候；容颜留不住，美人终有迟暮的时候，还有应景的荣誉，还有虚妄的名声，这些都留不住。

然而，你曾经的一个甜美的微笑，你曾经扶助人的温暖的手，你的智慧，你的爱，却可以长久地留在别人的心里。而且，当别人想起并诵念你的时候，这一切，是那么蓬勃和富有生命力，让人津津乐道，口齿生香。（马德）

静下来才知道，平日里的忙才是真正的懒。
一直以来对自己的内心是如何的疏忽与冷漠——
懒得观照内心的深刻希求与恐惧，
懒得追问自己的疑惑与困顿，
懒得呵护内心的柔软与苏醒。

长久以来任其漂泊流浪，不闻不问。

有能力宠爱自己，有余力爱别人

亲爱的自己：

这般的不闻不问，竟也忍心！

你存在，整个世界才存在；
你看得到阳光，这个世界才看得到阳光；
你失去平衡，世界就失去平衡；
你消失，世界就消失。

所以你很重要，你就是你能拥有的全部。

我们爱一棵树、一只鸟、一只宠物，会去照顾它、喂养它、关爱它，即使它不给我们任何回报，我们仍然爱它。

大部分人都不是以这样的方式去爱，因为我们的爱永远被距离、生活、时间所限，这意味着，我们在内心是希望他人依赖的，同时也渴望被爱。

有人说，如果举目望去，一座城市既无我们的亲人，也没有恋人，甚至连闺蜜好友都不在，那岂不是太过凄凉。其实也不是凄凉，只是真的没那么温暖，仅仅是不够温暖。

突然间感觉很孤独，又突然间感觉自己并不是孤身一人，在这个纷繁的世界上，来去匆匆，却不会无影无踪。

那一刻，我们是那么的不堪一击。难以用语言表述的感觉，没有开始，也没有结束，这感觉既可以让人喜极而泣，又可以让人欲哭无泪。

所以，我们想逃到一个温暖的城市，遇见一个温暖的人，谈一段温暖的感情，过一种温暖的生活。

我们只想要爱的人和爱我们的人健康快乐，什么完美的爱情、傲人的梦想、大房子，都随它去吧。想那么多未来干什么，未来有那么多无可预测的变量。

这些变量或许会给我们带来意外的惊喜，可更多时候会给我们当头棒喝。

所以，对生活一无所知的有时是让人艳羡的，让人艳羡的不是我们对生活的囫囵吞枣，而是背后那庞大的宠爱。

小时候，有父母；长大后，有朋友。成长的岁月里，我们总是将自己的爱交给别人保管，并以此获宠，当他人给时，我们欢快；当他人不给时，我们沮丧。

可是，我们忘了自己宠爱自己。

爱是宇宙间最强大的磁场，因为它和宇宙和谐一致，爱是我们身上正面的磁场。只有发出爱，才会吸引爱，所以不要只爱自己的那个小我。

要爱周围所有的人，爱朋友、父母、爱人、亲人、同事、敌人、地球万物、一花一草，我们发出的爱越多，积聚在宇宙间爱的磁场就会越大，同时收获的爱也更多。

我们曾经都有很多宠爱，有一天失去了，那么试着找回它，它一直在，从未走远。背着沉甸甸的行囊，和已经疲惫的心，走在路上。无论是早已功成名就，还是正在为生计奔波，只有在回家的那一天才发现，离开家已经走得太远，太远。

不要再义愤填膺似的突然愤怒，不要再愤世嫉俗，也不要再过分地固执。那些生活教会我们的箴言，假以时日，终将予我们芬芳，爱情抑或梦想。

无论你的生活是重于泰山，还是轻于鸿毛。或者说，你想轻拿的时候，它却重重砸过来；你想撕心裂肺一般的时候，它却悄无声息……

无论在怎样的时光里，都要记得好好宠爱自己。不管生活怎么来，我们就像水一样的在顺从的同时坚持自己的本性，然后随遇而安，也许就足够了。（佚名）

我生活着，却感觉被漠视；我深爱着，
却感觉被轻视；我参与着，却感觉被忽视；
我竭尽全力想和这个世界发生联系，
却感到自己越来越像个无声无息的影子，孤独寂寞。

存在感对我来说意味着什么？
是存活于世的自豪感，是被需要的幸福感，
但我总是无法找到它。

愿我们终于学会如何去爱

亲爱的自己：

其实你很乖，懂得放肆之后适可而止；
你并不愚笨，有些事也可以做得很漂亮。
别每天把讨厌自己挂在嘴边，要知道你是独一无二的你。

你被很多人需要，你喜欢了、爱了，就不许后悔，
别责怪自己，你只是太想被爱而已。
你不坏，你不懒，你不差，你很棒。

我有很多毛病，生气时说的话完全没空经过大脑深思过滤，就涌了出口，总是粗心大意地伤害了他人。有时候我也很糟糕，冲动地去做一件事，结果引起惨重后果。

我会莫名其妙地对亲近的人发脾气，没几个人受得了这样的我，别看我嬉皮笑脸以为我当作没事，其实我挺自责。

很多人也和我一样，都觉得家是世界上最温暖的港湾，受了委屈，当然要向家里诉说，获得安慰。父母是这个世界上最可依赖的亲人，如果不向他们说，那还能向谁说呢?

朋友也是这样，我们总觉得，因为大家是朋友，所以才要向朋友倾诉，这表明我信赖你。如果朋友间彼此不能分担痛苦，那还叫什么朋友。

是这样。但是，我们忘记了一件事：我们已经长大了。

长大，意味着承担，意味着不仅是要学会独立处理自己的烦忧，也要学会担负起父母的烦忧，学会照顾他们。朋友间的相处，不只是分担痛苦，还有分享快乐。

长大，也意味着情感上可以接受父母的爱，但心理上要慢慢成熟，成为独立思考，独立生活的人。

精神上也要慢慢自主，享受爱但不浪费爱，不要因父母、爱人、朋友对自己的爱而把对方当成情绪垃圾桶，因为亲近和信赖，就倾倒很多垃圾，对外人反而彬彬有礼。

一个人，可以在自己的内心深处永远居住一个小孩。一个人，不管长多大，甚至变老，在爱自己的父母眼里，也还是小孩。

但是，不能因此而纵容自己的软弱，也不能因为身在爱中而对所有人撒娇，认为别人应该爱自己，那样的话，慢慢地，会失去很多。

时间不断流走，却教会我们很多东西。

有时候，越长大越觉得自己不会笑了，好想孩子时代。上学时无忧无虑的生活，匆匆那些年都过去了，回忆总是那么美，那些年对家人的抱怨、牢骚、慢慢的都体会到了生容易、活易难。

年轻人一定要明白，“被人需要”是一种生活，不曾经历过的人，就不知道其中的艰辛；“被人需要”是一种艰辛，不曾体会过的人，就不知道其中的快乐；“被人需要”是一种快乐，不曾拥有过的人，就不知道其中的纯粹。

很多时候，当我们想到自己是被人需要的，那种由心底滋生的喜悦是任何感激的言语都无法替代的。

当我们被别人记在心中，当我们成为别人心底最亲切真实的依靠，我们的心中也会扬起温暖的感觉呢？被人需要正体现了我们在别人心中的位置。

将别人的命运与自己的命运关联到一起，让自己成为别人需要的对象，这样的人生才是真正的智慧人生。因为对方心有所求，才会铭记于心，相对于“需要”来说，感谢之词无非更容易使人忘却。（佚名）

负面情绪来的时候，我杜绝一切身边亲近的人，
不与他们交谈，甚至不愿意见到他们。
想要躲起来，觉得没人能懂、能理解、能谅解，
渐渐很多话选择不开口，说出口的也不是真心话。

后来，被朋友说变得没心没肺、没人情味，
这没办法，我无法控制自己，更照顾不了这么多人的感受。

安静才是心底的繁花似锦

亲爱的自己：

从今天开始，帮自己一个忙，
不再承受身外的目光，不必在意他人的评价，为自己活着；
做喜欢的事情，爱最亲近的人，
想笑就大声的笑，想哭就肆意的哭，
不再束缚情感的空间；
卸下所有的负担，忘却曾经的疼痛，
抚平心灵的创伤，让自己活得轻松而充盈。

一个人能坏到什么程度，看他张狂的时候就清楚了；同样，一个人会好到什么程度，看他困厄的时候就知道了。

得意的时候看他做什么，落魄的时候看他不做什么，在放纵和坚守那里，露出的，往往是最真的品性。

有的人跟你走得很近，吸引他的不是你，而是你背后的权势；有的人与你好得一塌糊涂，笼住他的不是情义，而是比情义更现实的金钱。

在失势和贫穷之后，你一下子从这些人身上感受到了人情冷暖。最热乎的人，一下子变成了最苍凉的面孔。

不要怨人情薄似纸。势利的人所给你的，原本就是虚假的真诚和虚妄的热闹。只是，你愿意活在这种虚空里。热闹散后，只好照单全收所有的凄清和悲凉。

这个世界上，最谙熟你缺点的人是你的敌人。

也就是说，这个人比你还了解你的软肋。最危险的敌人，坏就坏在这里，他未必外在强大，但一定心思诡秘。他盯着你，钻研你，单等你的七寸露出来，只轻轻一击，你就败了。

多少人，强势到可以呼风唤雨，却在人性的一个弱点中溃不成军。这些人的通病是，容易看清楚别人，不容易看清楚自己。

在别人的问题上可以斟酌到锱铢必较，而在自己的问题上却可以粗略到走马观花。一颗自私的心，自然会豢养出一双自私的眼睛，一种计较的活法，以及一腔热衷于背后说人是非的态度。

一辈子看不上别人，换一种说法就是，从来没看清过自己。

活到通透，才能把自己看得真切。

通透，就是隔着前尘，把后世看到岑渺；就是隔着喧嚣，把自我沉到阒寂；就是按下妄念，心无所执；就是明白什么叫非分和僭越，而从此不越雷池一步。通透，就是自己把自己打通了，就是自己把自己说透了。

赏一番春花，看几弯瘦月，一切得失与荣辱，来则安静，去则泰然。春花繁盛终易逝，瘦月亏久满复来，知道该来的终会来，该走的必将走，留也留不住。

通透的人，未必活得繁花似锦，但一定过得安静平和。人生活到最后会发现，其实，安静平和，才是真正的繁花似锦。

朋友，就是住在你的优点里，断守着你气息的那些人。他们也不是看不到你的缺点。只是那些缺点，像屋外的寒风，有一阵没一阵地来，也就不在意了。

倘若有一天，朋友离开了，那一定是他们的心被寒风吹彻，在你身上再觅不到半点阳光和温度。

这个世界，谁都愿意活在温暖里，朋友也是。一个人，有永远的朋友，未必是充分张扬了优点，一定是懂得适度地把控了缺点。

因为，一把刀子拿出来，即便不伤人，寒光闪过，就是一种凛冽。留住人心的，未必是那个遥远的优点。有时候，能掩住缺点，就是最贴心最深沉的懂得。

与一个人相处得久了，也未必会知道对方的全部。久了，只是把光阴交给了你，但不是心。一个人，能把一颗心毫无保留深层次地交给对方，一定是灵魂走到了一起。

灵魂里，两情缱绻，或者惺惺相惜，才会有心的完全交付。有的人，一辈子跟另一个人在一起，却是彼此的一个过客，一转身，就可以相忘于天涯。

生命中的贵人，就是那个灵魂里相知的人。言其贵，不是因为他（她）帮过你，而是因为你与他（她），相期未必相遇，一生仅有一回。（马德）

第六章

每个小碎步也可以光芒万丈

竹子用了 4 年的时间，仅仅长了 3 厘米，从第 5 年开始，以每天 30 厘米的速度疯狂的生长，仅仅用了六周的时间就长到了 15 米。其实，在前四年，竹子将根在土壤里延伸了数百平米。

做人做事亦是如此，不必担心得不到回报，因为这些付出都是为了扎根。你只需将每一件小事做到极致，然后等待光芒万丈。

我一直在奔跑，追逐那仿佛永远达不到的目标，
很累很辛苦，却始终没有回头看的勇气，
也许当初的目标早已在身后了。

前方引诱我的是不断升级的欲望，
就像一条锁链，一个牵着一个，
永远都不可能满足，而真正可悲的是，
我永远都会为自己的欲望找借口。

有自己的节奏，与世界无关

亲爱的自己：

你所走过的每一天，都有它独特的意义。
生活中没有多少轰轰烈烈的大事，
更多的是平常琐碎的小事。

在这些小事中，你不断地得到关爱、智慧、成长、记忆，
得到值得珍惜的一切。
如果你能把每一天都当作今天来过，
这样的人生无疑是最有价值的。

你迷茫的原因往往只有一个，那就是本该拼命去努力的年纪，憧憬得太多，做得太少。

不要瞧不起你手头上所做的每一件琐碎小事，把它们干漂亮了，才能成就将来的大事；不要去焦虑太远的明天，因为焦虑并不能解决任何问题，只会令现状变得更糟糕。

这是个很多人都想走捷径，想成为名人的时代。致力于把自己打造成与众不同而富有个性的人好像已经司空见惯了，甚至可以说是太平常的事了。

而反过来，踏踏实实地读书，朝九晚五地工作，和一个相爱的人共度一生倒显得太不合时宜了，轻则被贴上“没有理想”的标签，重则被指责为“不了解自己”。

似乎只有特立独行才是风格，平凡本分就是拖后腿。

世上的所谓传奇，有时并不都有一个惊心动魄的过程，把一件简单的事重复千次，就已经成就了一个奇迹。

在任何事情上，如果你花费了一万个小时，就会成为这个领域的专家。很多人都去寻求提高阅读速度的方法，其实没有什么方法，跳读、略读什么的都不管用，长期来看，你从头读到尾，一页一页地读下去就是最快速的。

一步登天做不到，一步一个脚印却能做到；一鸣惊人有困难，一股劲做好一件事却可以。

每天进步 1%，是小成功到大成功的日积月累，是实现人生目标的最佳路径。每天进步 1%，贵在每天，难在每天。

每天都超越昨天，日有所进，月有所变，用心写好进步 1%的加号，终将使你一生厚重而充实。

按部就班是一种生活态度，也是一种生活方式，它一点都不比要过的特立独行来得简单。

一方面，它需要人过好简单的当下生活，在冗长的岁月中抱有一种踏实自在的姿态，能够在细水长流中观望人生。

另一方面，按部就班的生活也不好过，中间也会有各种险峰，并且这种风险常常静寂无声，一层层荡开，让人抓不住。

有时候，过得起按部就班的生活才是一种荣耀，因为归根到底，它才是人生的底子。

按照张爱玲的话来说：“好的作品，还是在于它是以人生的安稳做底子来描写人生飞扬的。没有这底子，飞扬只能是浮沫，许多强有力的作品之予人以兴奋，不能予人以启示，就是失败在不知道把握这底子。”

人生也是如此，好的人生，也是要以人生的安稳做底子的，它似有容纳百川的度量，是一个人生命能量的不竭源泉。

如此，每天朝九晚五，吃的是平常饭，穿的是普通衣，也是值得赞美的人生。

会有那么些时刻，你听一些歌，看一些书，什么都想，什么都不想，天气正好阳光暖和，你的心也突然温柔起来。

没人知道你在开心什么，连你自己都不知道，但你知道这些时刻是属于自己的，真真切切。说浪费时间也好，你庆幸还拥有这样的瞬间。这是你自己的一种节奏，和世界都没关系。（佚名）

我现在的状态是：
对生活失去热情、得过且过、没有追求，
觉得空虚、无聊且肤浅。
我习惯于安逸的生活，沉溺于周末早上的热被窝，
被本能的地心引力所束缚。

闲的时间长了，不爱用功，越闲越想闲，不干活最舒服；
懒下来，人就松了，打不起精神，无效率。

底蕴的厚度决定人生的高度

亲爱的自己：

几十道考题就能决定你要度过四年的大学，
但之前你经历了无数个起早贪黑的日子；
几轮面试就能决定你要待上十几年的公司，
可事前你面试失败了无数家公司。

年轻时最怕闲和懒。人生中没有太多的侥幸，
那只是你之前无数次的努力和忍耐，
才换来的一次偶然机会。

一个词汇量只有100个的人，很难理解词汇量达到1000个的人是如何思考这个世界的。这两种人生活在完全不同的两个世界里，因为对这个世界的理解程度取决于他们的语言能力。

如果一个人不懂得“爱”、“溢满”、“世界”这三个词的意思，那他永远也理解不了什么是“溢满爱的世界”，哪怕他就身处在这样的世界里。

差距是怎么来的，每天做10个俯卧撑和每天做100个俯卧撑的感受是不一样的，每个月读一本书和每周读一本书的收获同样是不一样的。

能力是怎么来的，源于一个方向上不断地坚持。很多事情在我们没做到一定程度之前，是完全没法理解的。

有一天我们突然被刺激到了，然后满怀希望地开始努力了，就像现在，目标有了，外在的驱动力也有了，但是一段时间过后，我们会发现自己还是无法有效地执行，无法坚持下去。

一个快饿死的人看见一片玉米地，如果他想着找最大的玉米，结果可能是还没找到就饿死了。而如果只找一个可以充饥的玉米，那么结果虽然不是最完美的，但却是令人满意的。

在制订计划的时候，我们总是把生活计划得极其完美，每天要6点起床，每天要跑步1小时，每天要读书1小时，计划得太多，一旦出现计划之外的东西，计划的事情就会被打乱。

时间稀缺的紧张感，会让我们自责。人的习惯就是，当要求太多，其中有一项做不到，就可能全盘放弃。

不必贪多，先从最重要的开始，比如先开始早睡这个项目，坚持两个月以后，等我们可以很好地完成早睡这个项目，慢慢地再加上早起这个项目，这是一个抓住重点，循序渐进的过程。

我们拖延，是因为我们的大脑喜欢做简单的事，不愿意走出自己的舒适区，刷朋友圈和看书当然是刷朋友圈简单，有趣。

我们的情绪大脑比理智大脑强大太多，都知道坚持下去会有效果，但我们的内心更倾向于获得及时满足。其实，所有人都是这样，不用去自责。

既然大脑喜欢做简单的事情，我们可以把任务变得简单一些，拆分自己的项目或者目标，拿健身来说，每天坚持10个俯卧撑，不要强迫自己，把它当作一种挑战。

把它融入每天的生活中，每天走出一点点舒适区，短期内可能看不到什么太大的变化，但当我们坚持一个月，一年，五年之后，跟另一个没有这些好习惯的人已经拉开了差距，我们所看到的世界已经是完全不同的世界。

一个清晰的目标，让我们围绕着一个点去积累，一些好习惯，让这种积累在生活中潜移默化的成长，看起来，每天都在做同样的事情，但其实每天都在为未来积蓄力量。

那些看起来毫不费力的人们，或许只是每天比我们多努力一点而已，你是否有了一点信心？（墨子）

我下决心减肥不到一个星期就放弃了，
保证不迟到第二天依旧睡过头，
许诺对自己好点，可熬夜、乱吃东西，
什么也没改，说好的忘了他，
不再联系，可难过起来电话还是拨了出去。

我经常对自己不负责任，
还总抱怨全世界都在欺骗我。

没有人会一夜改变

亲爱的自己：

有时候你太疼自己了，遇到什么挫败都自带安慰功能，
考砸了还没难过两秒就对自己说没事，
刚发完誓说不吃了，就又拿起食物暗示自己说其实还好。

虽然这样心眼超大地好像活得很轻松，
但总觉得如果当初逼过自己那么几下，
也许现在早就变成了另一个更棒的自己。

有人问我，如果看不到确定的未来，还要不要付出。

我只能说，并不是每一种付出都是在追寻结果。有时在付出的路上，能够收获的，是清楚地看到了自己想要的，或者不想要的，这又何尝不是一种宝贵的结果。

命运会厚待温柔多情的人，好过冷漠的一颗心。

有人问我，是不是应该为了一个人，去一个陌生的城市。

我只能说，有时候你不是爱上了一个人，你只是爱上了一种生活，你希望幻想中的生活里，有这样一个人。所以不管留在哪个城市，这种生活总会存在心里，而那个人也许换了不同姓名。

与其说你为了一个人，不如说是为了自我的一种私心。牺牲总是听起来伟大，但谁又能无所求呢。若是看到了自己所求的，也就能平静的离开，饮鸩止渴也甘之如饴。

有人问我，是不是该等待。

我只能说，等待是爱情里最美的一种姿态。但这种美好是等待的每一天里，你都变得越来越好，越来越温暖。

如果只是静止成为一种单调而重复的生活，那就辜负了等待的意义，而变成了另一种私心，一种等待被救赎的懒惰，懒惰的人从来不会有幻想中的丰富而安然的生活。

有人问我，孤独的时刻应该怎么度过。

我只能说，如果没有人可以帮你，那么你能做的，就是尽力去帮助其他的人。这世界奇妙得很，我们总是收到偶然中来自他人的帮助，而给予者往往比接受者更强大。

变成一个给予多过接受的人，当你变成某种意义的强大，孤独就不再是一种煎熬。

有人问我，为什么无法控制自己的感情。

我只能说，我们生来不是为了要满足某个人，不是为了某个甲乙丙丁的心情而存在。我们来到这个世上一定有更深的意义，就算最终是碌碌无为的一生，也一定有一个闪光的时刻，看到隐藏在其中的一些启示。

也许某些人的出现会短暂地控制了你的心，不过在漫长的人生里，这些也只是短暂的一个片段。

不管你问我什么，不管我说了什么，除了能让你略感平静，其实没有别的意义。

一个人是什么样子，他或她很久以前就是那个样子，只是你没有发现而已，没有人会一夜改变，所有结果是一个又一个自我选择的叠加。

我们无法预知未来的点滴，只能在回顾时串联起过去的蛛丝马迹。所以，要相信，在未来，我们所经历的点点滴滴都会以某种形式串联起来。

我们必须去相信一些事情——我们的直觉、命运、生活、因缘，什么都好。生活总要有新的篇章，你可以拿昨天来做脚注，却不该复制昨天的故事，粘贴在今天的书上。（Su）

这是现在的我，三分钟热度没有毅力，
做事情推三阻四、懒惰大于决心，
激励自己的话说了太多，却说说就过。
计划定得很完美却总是一推再推，什么也没做，
激起了奋斗意识，却还没有坚持几天就放弃了，
而且我还知道这样下去只会害了自己，可是我就是这样。

时光不会逆行，把握好每一个清晨

亲爱的自己：

生命会在无声中渐渐地逝去，当生活偶有变故，
打破了你原有的宁静，就会使你警觉起来：
时光是一种无形的杀手，正在悄悄地毁灭着生命。

你原地不动，就只有等待冰雹击穿你了，
而为自己争取一下，
也许前方就是风雨之后见的彩虹。

许多人的所谓成熟，不过是被习俗磨去了棱角，变得世故，而实际上那不是成熟，而是精神的早衰和个性的夭亡。

胁迫，不过是做我们想做的事，或者不做怕做的事的另一个说法。真正的成熟是独特个性的形成和真实自我的发现，总有许多理由，但是要做一件事情，却只有一个理由，因为我们想做。

在二十五岁之前，我没有真正尝试过大范围地改变我的生活，我只是沿着旧的轨迹生活。

但是从那以后，我接受了一种更加积极的生活观，更学会了简化生活，把更多幸福增添进每一天，每一年。

太多人对现在拥有的生活只有三分钟热度，即使这种生活是我们梦寐以求的。

当我们还是一个孩子或年少时，又或者二十几岁时，我们偶尔会觉得应该更早的开始改变生活，又或者会想我们应该含着金钥匙来到这个地球的。可是，现在感觉这一切都太迟了。

回首过去，问问自己：如果当初做了这件事或那件事，那么事情就会变得不一样，或许会变得更好。

这也许是对的，但我们不可能真的改变过去，除非拥有一部时光机。在脑海中重新回味往事，不可能改变现在与未来，它只能让我们的内心继续停留在让我们后悔的往事中。

改变真正想改变的东西永远不会太晚，不管是多大年龄。

如果改变是可以变动的，那就作一个小改变。从那小小的改变与成功中，我们将会收获自信，还可以通过小改变做更多事情或者计划一个更大的改变。

如果找到了喜欢的事情或爱好，就关注它们，先从关注一个开始。让自己过度劳累常常会导致失败，因为生活会在我们的道路上设置障碍。

认为某些事情非常巨大、恐怖或困难是我们遇事退缩的普遍原因之一。因为人往往会高估自己的意志力。

在头脑中，计划看起来很不错，但当真正执行时，我们会发现根本实现不了那么多在你脑海中一闪而过的行动或改变。

一次只关注一件事，然后一小步一小步地去做，这样可能会使我们感觉这些事其实小孩子也能做。但是总比在花费了几天或几周时间尝试快速改变很多事情，最后才发现这样做毫无实效，要好得多。

没有人可以回到过去开始一段新的旅程，但任何人都可以演绎今天，创造一个新的结局。被窝很舒服，起床困难，那就放下手机早点睡。

如果不曾开始，永远不会抵达，别忘了答应自己的事，别忘记想去的地方。人生不设限，推自己一把，没有到不了的明天。

我喜欢现在的状态，随遇而安，遇事不急不躁，该有主心骨的时候能镇得住场，不该有的时候能心安理得躲一旁不多话。

懂得爱人、关心人、牵挂人，但不缠人；有思想，有理想，有理性，很幽默，敢自嘲；会为爱的人甘于放下身段，有学习的热情和动力，每天都在进步，但不再期待别人的夸奖。（佚名）

我想出发，去任何地方，
无论是村庄或者荒原，只要不是这里就行。
我向往的只是不再见到这些人，
不再过这种没完没了的日子。

我想做到的，是卸下我已习惯的伪装，成为另一个我，
以此得到喘息。
不幸的是，我在这些事情上从来都事与愿违。

每个微不足道的成绩都是礼物

亲爱的自己：

你羡慕别人月薪几万，却不知道他夜夜加班的辛苦；
你羡慕别人说走就走的自由，
却不知道他为这份自由放弃的东西。

一切都有代价，别人永远是别人，别处永远在别处，
等你走过去，你现在身处的地方又会成为你的别处。
所以不必羡慕，生活不在别处，就在此处。

人生这部大戏，一旦拉开序幕，不管我们如何怯场，都得演到戏的结尾。戏中我们爱犯一个错误，就是总把希望寄予明天，却常常错过了今天。

过去不会重来，未来无法预知，我们唯一可做的，就是不要让今天成为明天的遗憾。人生没有预演，我们迈出的每一步都应是弥足珍贵的。

一生中所学到的最受用的知识，不是来自书本，也不是来自学校，而是来自我们随着年龄的增加而领悟的人生经验与知识。

失恋之后，我们学会了如何坚强；失败之后，我们学会了如何再站起来。

当在感情中挫败时，我们学到了如何把自己变得更好、更有自信，希望在未来能遇到更好的人。

在工作之后，我们开始体验人生、社会，学习在生活中坚持自己的初衷。

所有我们学到的最宝贵的知识，几乎都是那些随着时间的增加，而领悟到的知识；换句话说，人生的每个阶段都会有那个阶段要给我们的礼物。

二十岁之前，最难忘的感情是初恋，只是单纯的互相喜欢；二十多岁以后，开始有了现实考虑，也可能第一次领悟到只有爱情而没有面包是无法度日的；等到三十几岁的时候，学会了世故，终于懂得把自己照顾好，也更爱自己了。

无论我们在什么年龄，都有那个年龄可以给我们的东西。

随着年龄的增加而学到的智慧永远是最宝贵的，人通常也是跟着时间而明白许多事情，因为时间而更了解自己、更懂自己。

活得明白的人，每一天都确切地知道自己在做什么，为了什么而忙碌，未来要达成什么目标。但后来我们发现，其实迷惘的人远远更多，这时应该做什么？三个字：瞎忙活。

因为不是每个人在一开始就知道正确答案，只有不断地尝试，排除掉一部分错误答案。自己真正喜欢的事，也许某天夜里就忽然顿悟了。

人生就像一只储蓄罐，我们投入的每一分努力，都会在未来的某一天，回馈于我们。而我们要做的，就是每天多努力一点点。别人拥有的，不必羡慕；只要努力，时间都会给我们。

想一千次，不如狠下心做一次，华丽跌倒，好过无谓的徘徊，只要方向是正确的，一直往前走，总比站在原地更接近幸福。

无论处在人生的哪个阶段，都应该尽情地享受自己的人生，享受这个人生阶段给我们的馈赠，然后好好经营自己的人生。

年轻就像冰激凌上的配料。吃完上面的巧克力或水果后，就只剩下冰激凌。年轻这个配料，过了二三十岁便如梦幻泡影，四十岁的你，就得完全凭冰激凌本身决胜负。

人生每个阶段都有那个阶段要给你的礼物，我们唯一能做的就是在每个时刻扮演好最好的自己，尽情表现，然后活出自己的人生。（佚名）

有时候，或许我会停留在一个特别叫人向往的地方，
有着很多优秀的人，有别人羡慕的眼神。

在这时，我心里总会或多或少有种骄傲的、高高在上的感觉，
这些虚荣很容易蒙住我的双眼，
从而停滞不前。
终有一天，被别人超越，自己都看不起自己。

命运必会厚待认真生活的人

亲爱的自己：

有没有坚持做一件简单的事？
例如，每天睡觉之前读 5 分钟的书，
早上起来锻炼身体，上班的途中背 20 个单词……

这些微不足道的努力会给每一天带来看不见的量变，
坚持一段时间后，这些量变会给你带来质变，
渴望已久的变化。

有一段时间我经常问自己，到底有没有能力过上自己想要的生活？现在的生活真的满意吗？这些问题睡觉前我都会问自己，但我并没有给出自己满意或者不满意的答案。

要给生活下定义，起码得等到真正老去之后历经几十年的风风雨雨才能给自己走过的一生盖棺定论。

但是现在，我又被这些问题困惑。我问过身边一些朋友，我说你们现在的生活是曾经想要的吗？或者满意现在的境遇吗？

有朋友笑我矫情，说文艺青年就是喜欢刨根到底想问题。也有朋友说知足常乐，祖祖辈辈都是这般一代接一代地过活日子，得过且过行了。还有朋友说，就算不满意现在生活也只能这样，要不然还能怎样？

是了，我一直询问自己到底能不能过上自己想要的生活，现在的生活状态到底是不是自己所喜欢的，其实归根到底都是庸人自扰。

别人没有的，我得到过，别人拥有的，我也会艳羡，但人与人之间无外乎都是在你看着我，我看着你的状态下过生活。

与其想太多不如付出行动努力，因为我一直都相信努力之后的付出能得到收获，如果得不到，再换角度、换方法再次出发，如果还得不到，那么我认命。认命于我而言不是妥协，而是我走不通这条路，换一条路再走。

既然过自己想要的生活得需要资本，既然没这个资本就得去赚取资本，那么现在该我赚取资本的年纪我又何必总是杞人忧天想太多？

很多东西也许比别人稍微晚一点、慢一点得到，但是没关系，反正赚取到了资本后早晚都会有。

真正过着自己想要的生活就是把无数个今天过好，这些今天组成在一起便是自己想要生活的样子。你说青春原本应该张牙舞爪，去想去的地方成为想成为的人。

于是太多人说走就走的裸辞，提前透支存款挥霍，问父母要钱满足自己招摇过市的虚荣。只是你忘记了，真正的勇气与能力是把今天过好，在循规蹈矩的生活里过出五颜六色的光芒。

我对过上自己喜欢的生活样子重新理解便是把今天过好。这意味着既不辜负亦不蹉跎时光，换个姿势态度围观这个世界，因为能把今天过好这也是我在努力活成自己喜欢生活的一部分。

等到无数个今天过完后，当我再回过头看，兴许曾经发生的一切都是按照自己喜欢的方式进行。

如果你愿意，过上自己喜欢的生活成为自己喜欢的样子其实很简单，就是好好对待今天。譬如，你想成为让自己都赏心悦目的人，那么就得在今天锻炼身体，坚持好一件专长并发展其他辅助爱好。

学技能，做某个领域的达人，学会养身，研究适合自己的穿衣搭配，努力朝着职业发展领域晋升，等到经过一段时间后，你想要的样子就会渐渐凸现，旅行也可以实现。

你想变得有钱，想成为画家、作家、舞蹈家、歌唱家、设计师、老师、商人等，只要心中怀有符合自己现状的梦想，那么就得在今天付出努力，把今天过好，让时间来检验你的付出。

等到梦想实现时，曾经奋斗过的过程，其实也是你所喜欢的过程。至于明天或者未来一周，半个月，一个月等，则可作为信心规划，让自己有目标追求。

最痛苦的不是梦想泯灭或者夭折于现实，而是现在回望年少时热血沸腾的梦想如今再难启齿。还有，最可怕的并非活得平凡，而是正在过着一种平庸的生活还觉得理所当然。

要一步一步走，一点一点看人生，你千万别急着去看透，若是全看透了，会多无趣。（沈善书）

有时候我感到难过，并不是因为做了什么，
而是发现自己什么都做不了；
有时候手足无措并不是因为没有选择，
而是发现可以选择的太多。

我常常抱怨大学读错了专业，错失了自己的最爱；
工作上各种不顺心，辛苦奔波表面光鲜而已。
自己的未来一片迷茫，到底该怎么办？

你所过的每一天，都是成功的前奏

亲爱的自己：

这个世界几乎没有人大学读对了专业，
又恰好做着自己所爱的工作。
人人都希望踏入社会就一鸣惊人、名利双收地拥有一切，
但这样急功近利、不注重人生的积累，是难于起飞的。

相反，能不辞辛苦地为自己搭建好助跑的舞台，
从而将优势不断发挥，才能逐渐达到事业的巅峰。

什么是奋斗？奋斗不是让你上刀山下火海、闻鸡起舞、头悬梁锥刺股。奋斗就是每天踏踏实实的过日子，做好手里的每件小事，不拖拉、不抱怨、不推卸、不偷懒。

每一天一点一滴的努力，才能汇集千万勇气，带着我们的坚持，引领我们去想要去的地方。

如果你跟我说某个人多么优秀、多么出色，我可能还不感兴趣，但说到他有个不一样的特质我会感兴趣。

因为这些才是可以学习的。最该学习的不是别人的成功，而是他不间歇地都在做哪些不起眼的小事？

人到一定年龄，才明白需要坚持来“对抗”生活的无能为力。

没有人天生是奇才，只是他们一定有个好习惯让他们看起来不那么失败。他们有自己对抗世界的方式，与生活和解，这个方式不是怨言，不是愤世嫉俗，而是悄悄地改变着自己。

所以，处于什么位置，其实并不重要，重要的只是一种个人的品牌。只有倒闭的企业，没有倒闭的个人。

如果研究一个麻将，坚持研究五年，我们都会不一样。对抗生活，除了动嘴，还可以找点别的方式吧。

一个人看上去特别年轻，为什么？仅仅是每天饭后散步时带上一把熟花生米，几十年都这样。花生米，这么简单，但我们能坚持每天吃吗？

有时候，我们真的需要勇气把枯燥的事重复一千遍。

比如一个舞蹈演员，一个星期休息两天，但如果超过两天，第三天他就会觉得什么东西不对劲了。

每天训练，肌肉对于他的动作产生记忆，形成自然反应。一旦你停下来，这种肌肉反应马上就减弱了。所以舞蹈最辛苦的不是动作，是日复一日，重复做着已经做过无数次的动作。仅此而已。

一个人的成长、成熟、成功，其实是一个不断进行积累的循序渐进的过程，人的身上之所以有着无穷大的潜力，主要是平时积累的缘故。

助跑的过程其实就是让自己的潜力得到极至发挥的一种措施，我们每天都在积累，每天都在助跑，因为我们的心中有一个目标。

年轻时，注定有颠簸，有眼泪和汗水，有委屈、失败和不甘。生活的道路，需要一步一个脚印地走过去的。

从颠沛流离的青春，一步步地走向笃定和成熟。走上坡路都很吃力，下坡路才轻松。

无论是鸡飞狗跳，还是躁动不安，青春都不属于安逸，安逸是一潭死水，跳进去就出不来。

我有一点点喜悦，来自于朋友不经意的想起；来自于自己整理的舒适小窝；来自于每天工作的圆满完成；来自于有序的生活……忽然发现，这诸多的喜悦背后，也正是自己快乐和幸福的源泉。那些重复的琐碎时刻，只为小小的自己。（佚名）

苦难面前，每个人都会告诉我一切会过去的，
可是，我并不知道这一切到什么时候才会结束，
以什么样的方式结束。
然后大部分时间里，
我依然会焦虑、会惶恐、会难过以及不知所措。

我的一生，大部分时间都是在借由着
外来的一点点微光，苦苦地独撑着。

改变世界不用大刀阔斧，小碎步也可以光芒万丈

亲爱的自己：

面对挫折，有人一味地抱怨，
有人嘲弄一笑置之，但也有一些人，
明知山有虎偏向虎山行，虽然周围的人都不看好，
但就是凭借笨拙和坚持凿出了那么一点点光亮，
这就是一种了不起。

改变世界不用大刀阔斧，
一个个小碎步依然可以光芒万丈。

决定命运的并不是天上掉下来的一个大大的机会，而是每一分钟里我们作的一个个微小的选择。所有的差别，可能就只在一分钟里。

人生没有白走的冤枉路，如果走错了路，就赶紧修正，曾经的那些错误也会成为我们日后成长的养分，那些冤枉路是宝贵的经验，重点是在走的过程中有没有让自己不断累积成长。

生命是一种累积的过程，即使走了一条不在自己原本预期的道路，也能开拓出不一样的人生。

人生需要累积，而不是短暂的输赢，一时的输赢不代表永远的输赢，短暂的能力强弱也不代表永远，只要持续累积，就很有可能超越自己。

不管人生还是事业，都像马拉松，成功往往是长久的努力，不是一两年就能做到。

追求与实现梦想不是一条直线的高速公路。就像人生的其他挑战，沿途会有坑坑洼洼与阻碍。有时走一条弯路，虽然远了点，但却可能开拓出美丽的人生。

生命是一种长期而持续的累积过程。绝不会因为单一的事件而毁了人的一生，也不会因为单一的事件而救了一个人的生命。

很多当下我们担心得要命且认为很重要的关键时刻，在往后的日子里回想起来，往往都变得微不足道，对于整个生命的过程来说，更加显得渺小。

每朵花的开放，需要一定的时间；每个人的成长，都有一个过程。

既然人生是一种累积的过程，只要每天都比昨天更好，人生就会逐渐累积向上，更不用担心将自己的人生搞砸。

唯一需要担心的是自己浪费自己的时间、浪费生命、虚晃度日，如果这样过人生，即使出生在优越的家庭环境，也可能将自己美好的人生搞砸。

只要好好把握每一天，让自己每一天都尽自己最大的努力，就能逐渐累积起精彩的人生。

没有机会做大事的人，是因为没有通过做好小事来证明自己的实力。放在越不起眼的地方，越要主动发光。在别人不敢委以重任之前，把小事做到极致，来证明我们的实力。

年轻的时候辛苦是一定的，但我们的人生不可能就止于此，我们不想长大变成街上一抓一把的庸人，不想以后为钱发愁，不想以后每天做的都是不喜欢却必须做的事。

谁都不想成为这样的人，我们有梦想，知道努力，只要坚持这阵子，才不会辛苦一辈子，我们会让自己过得很好。

生活会不停地打压我们，试图掩盖我们身上闪耀着的光芒，但我们自己并不甘于栖身黑暗，有句话说得好：它们试图把我们埋了，但不知道我们其实是种子，在等待发芽的那一刻。（佚名）

第七章

像少年一样，凌风而舞

每一个人都有一条使命轨迹，只不过在成长的过程中，有的人完成了，有的人没有完成。在交错的空间里，有无数的小黑洞，它会让人迷路，而你坚信其中存在很多魔法，也许是朋友，也许是音乐……

总有一些平凡又惊人的方法，让每个人看似重复着人生的跌宕起伏，却在殊途同归中又各自精彩。

刚要成熟，又要老去，时光好不经用。
大半的人在二十岁或三十岁上就死了，
一过这个年龄，我们变成了自己的影子。

以后的生命不过是用来模仿自己，
把以前真正有人味儿的时代所说的、所做的、
所想的、所喜欢的，一天天的重复，
而且重复的方式越来越机械，越来越脱腔走板。

趁年轻，我们干点什么吧

亲爱的自己：

年轻的时候一路冒险犯傻也就犯了，
往往都有惊喜，
又或者你本分老实一条路走到黑，也必有小成。

如果年轻的时候犹犹豫豫，束缚手脚，
活到中年看到小伙伴都活得特别好，
自己又准备豁出去一把，
往往时运已失，心态若老，回头看，发现又回不去了。

年轻的时候，请你恋上一个城。

一个城，如同一个人。爱上它，就靠近它，和它一起经历一些事情。半年，两年，或者更久。最后你很可能要离开它。理由不止一种，但无不有着无奈和不舍。

天气预报里播到它，你总会多留意一眼；当听到来自那个城市的口音时，你总会特意与他故友般攀谈几句……

每个人的心里都会有这样的一个城，你喜欢它，只是因为那城里有你惦念的某个人，某个事物。不管多久，总有一种理由让你惦记着它，因为你发现，它留给你的所有时刻都是一种无瑕的美丽。

此刻，身在异乡，你是否时常想起它的样子。

年轻的时候，请你爱上一个人。

爱，有时没什么理由可言，那只是一种奇妙的感觉。你还那么年轻，犹豫不属于你。爱上一个人，就炽烈地爱，像烟花，完全地绽放。

天各一方的日子，你很有可能还会梦见他，或者在某一个熟悉的街角，真真实实地遇见她，那么请不要走开，自然走过去，微笑着问候，因为你们曾经一起谱写了爱的诗行。

即使未曾有过长久的爱情，也不要绝望，瓦西里说：“面包会有的，牛奶会有的，一切都会有的。”是的，都会有的，包括爱情。

年轻的时候，请你许下一个梦想。

你把远方的路望了又望，不知道有一天真的踏上去，除了奇花异草，是否也是荆棘丛生。但是请记住，只有把梦想带在身边，才会有更好的飞翔。

依稀记得小时候许下的那些梦想，有的幼稚到不堪，有的崇高到不现实，但即便如此，现在想起，也无比的怀念，不知那些儿时的伙伴们，都还好吗？

那时的梦想，给予了我们在那样的年代里无比快乐的生活，并给了我们今天追寻梦想的勇气。所以梦想带来的，也许不只是前行的动力，也许还有生活的快乐，还有岁月的难忘，还有勇士般的灵魂，还有无上的光荣，也许，还有很多……

年轻的时候，请你结交一个知己。

这个人，也许是你的老师，也许是你的同学，也许是从未谋面的朋友，总之，这个人在你心里有着重要的位置。

你难过、开心会第一时间想到对方；对方难过、开心，你会第一时间出现；有时，你们之间即使是无声的电影，也会像卓别林的黑白哑剧那般耐人寻味……

如果你现在还没有遇到这样的知己，请不要着急，别失望，有人的地方，就有希望。

年轻的时候请你多读几本好书。

因为年轻，所以才有的是时间；因为年轻，才更容易接受新生事物；因为年轻，才有最为饱满的激情与最智慧的大脑。

请充分利用时间，真正沉下心来，多读几本好书，懂得自己的渺小，感知另一个无边的精神世界，这样你才能变得宽广。

那从书中流出来的每一个文字，每一个词语，每一段句子，每一篇文章，都像是埋藏了多年的古酒，飘漫出的浓浓酒香，越过缥缈的远山，四散开来。

年轻的时候，有太多太多需要做的事。趁年轻，我们干点什么吧！不要觉得你年轻，还有大把大把的时间，张爱玲说，你还年轻吗？不要紧，很快就要老了。所以，如果你年轻，请倍加珍惜一生当中最好的时光吧！

亲爱的朋友，如若你还在轻视这美好时光，那么请你一定停下，注视你的匆匆年华，稍稍想想，因为至少，在这件事情上，我们谁都无法重新来过。（佚名）

小时候，一根棒棒糖就满足了，
长大一点觉得考试考到满分，天就亮了，
再大些觉得能跟喜欢的人一起吹吹风就是整个世界了。

再后来，很难再高兴起来，
愿望越来越大，日子也越来越难过。
回头想想，已经买得起很多棒棒糖了，
但棒棒糖再也不是我高兴的理由了。

我们有权以自己的方式成长

亲爱的自己：

年轻时，我们都喜欢梦想、希望、未来、财富、快乐这些词，
以为这就是生活；
成熟后，我们发现义务、责任、劳累、疲倦、郁闷才是现实。

但青春需要放纵，人一生本就不长，
别到老去才后悔自己竟一生没有恣意妄为的时光。

有很多这样的时刻：我们惊心动魄，而世界一无所知；我们翻山越岭，而天地寂静无声。人生说到底，是一场一个人的战争。

生活比我们还要了解我们自己，它很狡猾，它给我们的苦涩，却永远让我们失望而又不至绝望。而给我们的甜蜜，永远让我们浅尝辄止而充满想头。

人在二十多岁的时候，总是愿意相信一句话：生活在别处。我们很轻易就放弃一份工作，很轻易就放弃一段爱情，很轻易就放弃一个朋友，莫不是因为这种相信。

可惜要到很久之后才能明白，这世上并不存在传说中的“别处”。我们所拥有的，也不过是手上的这些。而兜兜转转最终得到的，也不过是在第一个站台错过的。

所以好好工作很重要。它是一切并非天生王子和公主的人成为国王和女王的唯一方式，工作是自由幻觉中最接近现实的一种。

更重要的是，工作帮助一个人学会怎样爱自己，然后我们才能好好地爱这个世界，爱别人，以及被爱。比老去更可怕的是老了老了，还没在社会上找到自己的位置。

二十几岁的时候，不妨相爱一场，如果不沉醉在错爱之中，简直就是一种浪费。

一段时间以后，我们终究会明白：爱情，归根结底是为了快乐。虽然现在有一个流行的词叫作“虐恋”，但生活不是电视剧，和错的人一味纠缠下去也拿不到片酬。

不必羡慕别人的房子，车子，首饰……我们想要的岁月都会给，而我们有的，那些经历过的人再也回不去。

因为每一个人都是这样过来的，再也没有比年轻岁月的贫穷更理直气壮的事情了。

每个人的年轻时光都可以过得足够耀眼，我们应该喜欢现在的自己，喜欢每一个阶段的自己。

当度过了年轻的时光，如果有机会回到十年前，我们不会改变任何一件事情，因为舍不得每一个选择带给我们的回忆，即使并不完全是美好的。

年轻时如果被人欺负了，总会恨恨地想以后一定要混出个名堂来，好让人刮目相看。

可当真有这么一天的时候，却又想不起去恨了。因为真正的强大是宽容的，不是原谅别人，而是放过自己。

可能，生活在今天对于我们来说，天是暗的，风是冷的，也许喝口凉水都会塞牙。但是，我们应该相信，一切最终都会化为一个会心的微笑。

应该好好享受自己年轻的时候，努力而不费力的，等待岁月为我们揭晓答案。

生活总是令我们出其不意，我们有权用自己的方式成长。（佚名）

我的青春就像摆在货架上的罐头，
添加再多的防腐剂，也难逃下架的命运。

超市老板根本不给我反应的时间，
一夜之间，我依旧穿着二十岁的衣服，留着二十岁的刘海，
还是像二十岁那年一样一无所有，
但是我再也说不出“我到了一百多岁还可爱”这句话了。

年轻是比成功更重要的事

亲爱的自己：

其实我们努力地生活，尽心尽力地活着，
并不是让别人觉得有多舒服，
而是当自己老了，想起这一切时，
还会很欣慰地觉得：干得不错！

不偷懒、不浮夸、不自我、不激进，
你活出了年轻时最好的状态，
而不是老态龙钟悔不当初。

什么时候开始书架上不再全是童话书，什么时候开始不再因为没有糖果而落泪，什么时候开始面对儿时的游戏冷眼相对，什么时候开始慢慢懂得世间有美也有恶。

我们都在咀嚼成长的味道，依旧抱着美好的梦在自己周边的世界里懵懂地冲撞着。

也不知道从什么时候开始，就把比自己年纪小的人称作孩子。和固定的几个朋友聊天，聊着聊着，就不禁感叹一句：我老了。

记得毕业之前，总喜欢称自己为孩子。所以，大概是毕业之后我就老了吧。

就像村上春树说的：我一直以为人是慢慢变老的，其实不是，人是一瞬间变老的。就仿佛从离开学校，踏入社会这个大圈子的那一刻起，我就像一朵颓靡的花一样，很快老去。

我们为什么总爱说自己老了？明明才二十多岁，明明正处在无数人羡慕的年纪。后来我才意识到，那是因为现在的处境和想象的二十多岁是大相径庭的。

每个人都憧憬自己的二十多岁是轰轰烈烈的，应该经历过很多新奇的事情，看过很多美丽的风景，谈过几次破碎而难忘的恋爱，应该在梦想的道路上策马奔腾，结识了不同类型的朋友……

可是这些，或许我们都没有。最后感叹一句：原来我从来都没有年轻过。

二十多岁的我们就如同不会飞的超人，这个年龄的我们有着最好的面容和身体，却不得不在都市压力中苦苦挣扎打拼。

我们总是这样，在三十多岁时才过上我们二十多岁时所希望的生活，那时我们开始再次定义青春或浪漫。而遗憾的是，一些人到到达时，已忘了曾想要的。

常常会在电视里看到那些七八十岁的老人，依然活力充沛，虽然他们外表老了，可内心却无比年轻。而我们空有一张年轻的外表，却仿佛怀有一颗历经沧桑的心脏，如同被掏空的树木。

我们才二十多岁的年纪，没有什么阅历，说不出什么大的道理来，可即使是这样，我们还是要能够说一些话温暖自己，就像是被冰冻的引擎，只需一些暖流就可以把自己开动起来。

少年们幻想进入“二十多岁”这个群体，三十多岁的人希望回到这个群体，而四十岁、五十岁的人则从自己的孩子身上重温那段时光。这十年像是魔幻乐园，大家都很迷失，但那又是最好的时光。

不要在二十岁的年纪里，塞进一颗六十岁的心。我们并不是为了在这个世界成为万众瞩目的一颗明星，只是在向自己证明，没有白活这一辈子。

不管我们有多平庸，都要记住，这个世界不会因为你而改变，时间也不会因为你而停留。我们无法拨动这个时空，我们只是在演绎自己的一生，不是任何人的配角，而是自己的主角。（佚名）

长大后，我总回想起孩童时期，
想的不外乎是当时热衷的各种游戏、
已不复存在的原野，还有青梅竹马的好友。

不过最令我难忘的，其实是当时所不在意的“时间”。
那种无关乎过去或未来，
只在乎眼前片刻，无法重新拾回的时光。

我来过，与青春有关的日子

亲爱的自己：

那时候你说话总喜欢用终于，就像终于放假了，
终于毕业了，终于离开这里了，
仿佛每一次告别都像是一种解脱。
后来你才发现，那些自以为是的如释重负，
才是你想念的东西。

所有的曲终人散和分道扬镳，到最后可惜的不是离散，
而是没有好好地和那些告别。
愿今天的你没有遗憾。

人生有太多过往不能被复制，比如青春、比如情感、比如幸福、比如健康，以及许多过去的美好，连同往日的悲剧都不可重复。

既然拥有过，又何惧此刻的失去。有人说，人在世上的时间越长，失去的则会越多。因为看着身边的人一个个离我们而去，又无力挽回，而那些新生的绿意却总是与自己格格不入。

或许这就是年轻的代价，每个人都必须付出的代价，时光不容许我们讨价还价，该散去的，终究会不再属于我们。

然而年轻的我们常常被逼着成长，被逼着让自己衰老的速度更快，被逼着过早地接受这一切。其实在我看来，人的改变和成长都应该是自然而然的，包括自己的喜好和眼光等。

比如，今年看去年买的衣服，忍不住会说：我去年怎么会买这样的衣服？很多以前的衣服今年都会因为看不上眼而没有再穿。

其实倒不是自己以前的眼光真的那么差，也不是说现在的眼光好，而是我们的眼光变了。

现在的我二十几岁，以后也会三十岁、四十岁，可是，以后需要思考的问题为什么现在要思考？以后会过的日子，为什么现在就要过？为什么我需要提前“衰老”？

现在的我，可能会比较单纯，可能会因为没有经验而吃亏，可能会因为固执不知道转弯所以撞到南墙，可能即使没有钱，我也想每年可以有一次旅游，或者是穷游。

可是，或许这样的生活以及这样的心态和情绪，不是个性，而是这个年龄大家的共性。

早晚有一天，我会安安稳稳地过着按部就班的日子，那请让我现在尽可能地过自己想过的生活吧。

因为，或许只有现在过着自己想要的生活了，未来我才会安安稳稳地过日子。否则，我怕，以后会因为深深的遗憾而难过。

所以，请不要逼着我成熟，逼着我提前“衰老”，让我放肆、任性一点，让我疯一点，让我可以不被“职业装”所束缚，请放心，我会按着正常的轨迹，慢慢长大和成熟，慢慢地走向衰老。

必须强调一点，如果你二十几岁了，依然没有一点点基本的常识，不敢一个人逛街，不会自己选衣服，不知道去别人家需要带东西的话，那就是另当别论了，因为那不仅仅是没有被衰老，反而会是更倒退了。

走过那么多的岁月后，觉得可以给青春划上一个句号了，这是对曾经的一种总结，对未来的一个憧憬。

一直活在那段青春的岁月里，我们谁也不会释怀曾经走过的所有的幼稚和悲欢离合。只有勇于去拾掇岁月里的点滴，才会让我们的生命在激情洋溢里前行。

我想要有一个自由成长的生活，一个不是被催老的生活。我活的像我，以不死的心动，仅此而已。（佚名）

有时候，我不得不微笑着掩饰害怕，
开心地隐藏泪水。生命的芳华，总是被辜负。

有年少的无知，有年轻的狂妄，
总觉得可以无限透支，总觉得风景沿途都是，
可以随意挥霍，却不想当蓦然惊觉，
好像错过了什么，再想回头，
却又无处可买到那张返程的“车票”了。

生命的今天，
每一个细节都有深情

亲爱的自己：

青春的段落总是那样不安分，你年少轻狂的执着过，
惨不忍睹的受伤过，轰轰烈烈的爱过，
醉生梦死的喝过，五音不全的唱过，拉帮结伙的疯过。

等到你步入中年，告别青春期，
告别了那些不安分，再想一想年轻那些事，
然后可以自豪的对孩子说：我曾经也年轻过。

常常听到有人叹息着说："我比昨天又衰老了一天。"为什么我们不说自己还比明天年轻了一天呢?

和许多人一样，小时候的我一直想的是明天会比今天更接近长大，现在终于长大了，才知道长大并不仅仅是长大，同时也意味着衰老。

即使让我从小时候重新来过，我们一样也得长大和衰老。但这一定就是一种无奈和不幸吗？今天在比昨天衰老的时候，难道不是也比明天年轻吗?

每当我做了一件糟糕的事情，我就对自己说：不要紧，吸取教训。如果明天遇到了相同的状况，你一定会做得好一些，因为，今天的你毕竟比明天年轻。

每当我看到镜子里又憔悴了一分的容颜，我就对自己说：别失望，也别忧伤，用明天的镜子照一照，你就会知晓今天的美丽。因为，今天的你毕竟比明天年轻。

每当我逼迫自己迅速去行使一个反复动摇的决心时，我就对自己说：去做吧，无须犹豫。因为，今天的你毕竟要比明天年轻。

有时候也难免会悲哀，可是我不敢悲哀太久。我怕在这无用的悲哀里，明天便变成了今天，我又浪费了一天的年轻。

今天的人、心、时间甚至空气都实实在在地比明天年轻，我们怎么敢说明天会更好呢？如果说好，那也得等到明天变成今天的时候再说。

我也清楚地知道，在自己之外，永远有比自己年轻的人潮在涌动。我并不觉得任何比我年龄小的人都是年轻的。当然，我也不敢认为任何比我年龄大的人都比我衰老。

有无数的人没有意味到自己的年轻，没有珍视自己的年轻，没有赋予年轻任何宝贵的意义。所以，我一向觉得年轻无须与身外之人相比，要比的年轻，只是自己。

在每度过一天的时候，我们的收获都应当比昨天成熟，而不是衰老，而每迎接新的一天的时候，我们的状态都要比明天年轻而不是幼稚。

生命存在在今天，每一个细节都有深情。而我只是希望，我在今天的每一丝微笑都比明天要灿烂，每一滴泪水都比明天要沉重，即使是我的痛楚，也比明天要尖锐和富于激情。

比明天年轻，让我从不有意让自己懈怠；比明天年轻，让我在满面皱纹时依然有葱茏的内心生机，比明天年轻，这是我继续努力的一个坚强的理由。

比明天年轻，这是我能够弹跳的一块醇厚基石；比明天年轻，让我由衷地热爱着头顶的每一颗星星；比明天年轻，让我认真地耕种着脚下的每一块土地。

我的今天，真的比明天年轻，这让我感觉幸福。

我知道，在有一个今天里我会死，我的今天和明天将再也无从比较。那我同样感觉幸福。因为命运的休止符永远阻止了我明天的衰老，在那一个今天里，我抵达了最后的年轻。（乔叶）

年轻时和很多人，很多事有很多纠葛。
我有很多的不自觉、不得已，
觉得被别人辜负或对不起自己。

慢慢长大后，看事情的立场变了，
我发觉原来每个生命都得为自己找出口。
这里面有种不可逆的自私与必然，
远超过我对人与人关系的期望。

人生是一场表达，管它有没有掌声

亲爱的自己：

很多时候，挫折的不是真正的对与错，而是你的预期。
你可能失落碰壁、被现实打压、爱错了人，
但却有别人没有的东西，
就是错了能再来的时间和跌倒了能爬起来的力气。

你总得做些能回忆的事，管它意义大不大，
不要还没长大，就直接老了。
抓住你手里的东西，一个都别浪费。

回想过去的一切，总会有种不堪回首的感觉，人在未来回头看过去的自己时都会感到傻气又幼稚，因为成长本身就是一个不断感到自己傻的过程。

青春，不管你怎么过，严谨也好，疯狂也好，认真也好，随意也好，我们都会把它过得乱七八糟。

每个人年轻的时候都会做出很多荒唐错误的事，而那些看似让人后悔和自责的决定其实没有对错之分，它们就像成长里的必修课，只有当自己真的经历一遍后才会恍然大悟。

而让人庆幸的，可又常常忘记的是，我们还年轻。因为年轻，我们有足够的资本触底反弹。

最怕的就是少了年轻气盛的魄力，不要在开始前踌躇满志又畏首畏尾，不要在中途一腔热血却又瞻前顾后，用力地踏出第一步，更用力地走完后面的每一步，那才是二十多岁的我们，应该有过的好年华。

从不怕坠落的那一刻开始，天空就离我们不远了，有时候人只有先勇敢地跳下去才能学会如何飞翔。

趁我们还年轻，不要怕走错路，我们拥有走错路的资本，而走错的每一条路的懂得与领悟，日后都会化为我们的王牌阅历。

我们都曾有过不被理解的时光，也听到过很多如刀片般的闲言碎语，也无可奈何地经历过朋友的疏远，也被深深地伤害过。

如果想要彪悍的人生，那就无须去解释。我们没有那么多的时间去向别人解释生活，我们还得忙着过自己的人生呢。

人生最痛苦的就是后悔不曾为了梦想而勇敢的闯荡，最遗憾的便是不曾为了未来注满热血放手一搏，最需要的是一个人过一段沉默而执拗日子，沉浸在自己孤独却充满力量的奋斗和努力中。

人生是一场表达，管它有没有掌声。

无论有怎样无法言说的苦衷，有怎样难以承受的痛楚，这个世上没有人会因为我们疲惫而停下来等待。

既然痛过、恼过、恨过，哭过之后，还是要选择继续，那就不如赶快挺胸抬头，拍拍自己的脸，起身继续奔跑。

若放纵，若消沉，若逃避，无非数年后眼睁睁地看着自己成为了自己曾经最瞧不起的那类人。

我们改变不了这个世界，但能决定自己成为一个怎样的人。

生活就是这样，总是在猝不及防间打碎你心中最精彩的梦，可又会在你最灰暗时送给你一缕阳光，你终会在最深的绝望里，遇见最美丽的惊喜。只要你能顶得住磨难，学会在失意和绝望中继续微笑前行。

我曾经想，当一个人遭受很多挫折和打击是不是就会对人生彻底失望，内心再也没有光芒。

可是后来我明白，一个人，年轻的时候走过条条坎坷道道荆棘，承受原本不能承受之重，还能将心中洒满阳光，这才不会辜负了生命。（佚名）

世界每天都在发生变化，我也感觉自己变老了。
稀里糊涂过完了童年，糟乱、懵懂挥霍掉青春。
开始承认自己的平凡，知道自己的普通，
用最渺小的理想，谦卑地看着即将到来的未来。

我和别人不一样，但又极其相似的度过这一生。
就这样吧，没有青春，变老就变老吧。

青春，是一场自编自导的独幕剧

亲爱的自己：

有些人没有青春，从不懂事直接变老；
有些人永远青春，青春期有一辈子那么长。
老这件事跟生理因素没什么关系，
有没有冒险精神是判断人老不老的唯一标准。

要是想做永远的青年，想保持一辈子青春期，
就是当命运翻你牌子的时候，记得告诉它你什么都不怕。

时间把我们轻轻推远，已经不再是那个还可以整天做着美梦的年纪了。那时一个晴天，就可以和朋友们躺在草地上畅想美好未来，前途迫不及待令人向往。

那时的我们，觉得一切还早，还有机会去豪迈挥洒青春。未来是挂在天边的北极星，只要我们一股脑地朝它奔跑，就会像一场缤纷的盛宴如期而至。

只可惜，不知是盛宴太美好不会轻易到来，还是我们的睫毛沾满了花粉，让我们误以为未来只不过是萧索破败。于是，我们在追逐的道路上逐渐迷失了方向。

别人的未来光彩夺目，自己的未来黯淡无光。我们每发出一点声音，周围的喧嚣就会刺激到自己紧张的神经。

突然感觉到，在别人都能武装到牙齿的时候，我们还赤裸着身子、红着脸四处遮羞。脚下的路，蜿蜒又曲折；远方的梦，迷蒙而扑朔。我们焦躁、烦闷、忧郁、彷徨。

这是一个残忍的时代，我们不甘示弱，挤破头拼命向前，生怕错失良机，却还是在起起伏伏的人海中迷失了。长相不出众、气质不优雅、成绩不拔尖、家世不显赫、手腕不高明……这样的我们，何去何从？

这是一个浮躁的社会，大家拼命地以为，只有速成，才是指向成功的唯一标准。其实，不是每个人的成功，都是一剂良药，冲水即食；不是每个人的成功，都是一条咒语，默念即灵。

我们愿意相信自己多于相信别人，可以摒弃一切外在的纷扰和杂念，只倾听自己内心的向往和执着。

就算是痛彻心扉的失败和挥之不去的烦恼，甚至身体上的折磨都没有内心的空虚和空洞来得无力与可怕。

那些单一的模仿和简单的复制，只是一条会过时的山寨生产流水线，一样的模子刻一样的人偶。

这种成功，没有独自温暖的体温，没有激动人心迫不及待的回忆心跳。所以，它只能是人偶，不是人物。它没有惨痛的过去，也自然不会迎来辉煌的未来。

有时候会觉得自己很廉价，廉价到只剩下坚持，然而回首才会意识到其实那才是我们最宝贵的拥有。

我们憎恶与焦虑的今天，也正是奠定我们价值，帮助我们寻找生命的位置，给予我们力量和坚持的明天。

我们大可不必在青春的舞台上叹息着明天的还未登台，或者围观、临摹着别人的精彩。因为，不是所有的成功都是急功近利的模仿，不是所有的梦想都是人云亦云的跟随。

即便是在最贫瘠的荒凉，也可以诞生最伟大的梦想。

青春不仅仅是一场盛大的红地毯，也不是每个人都可以毫不费力地走得步履轻盈，还赢得掌声一时。

青春，也是一场自编自导的独幕剧，唯有最艰苦的等待，最艰难的坚持，以及最崇高的坚守梦想，才值得获得最经久不衰的掌声。（张珑耀）

这世界上有很多事情，我以为明天可以继续做，
有很多人，我以为可以再见到面，
我以为日子就应该就这样一天一天地过去。

但是就有那么一次，在我放手，
转身的刹那，有些事情就完全改变了。
太阳落下去，而在它重新升起以前，
年轻的时候，就从此和我永诀了。

让年华放肆一些，笑容灿烂一些

亲爱的自己：

很多东西等得太久，
往往已经不是当初想要的那个样子，
就算得到，也失去了原本的意义。

想看的风景，想见的人，等太久后期待也会消耗殆尽，
错过的年华无法弥补。
好好享受青春，你无法比此刻更年轻了。

年轻就应该像春天里的蒲公英，即使身单力薄，没有能力长出飞天的翅膀，也要借着风力奔想远方，因为在那里，总有一个微笑的答案在等我们。

人生需要规划，但是意外总是会到来，与其强求某事某地达到某个目标，不如顺其自然。听从心的方向，去做到最好。

我们有很多为难，想出国读书，但毕业时年龄已经不小了，也有些恐慌，觉得这么大了还没有稳定的工作，没有结婚生子，太可怕。

我们总说自己很急，怎么都找不到可以嫁的人。

其实我们不急，只是被周围的人所谓的关心骚扰得很心烦。

永远都会有人对我们的生活指指点点发表意见，理由很简单——我们没有按照他们笃信的那一套去生活。

为什么要去完成一个别人期望中的人生？对不相关的人不必解释也不必在乎，可不在乎外在的标准，并不是全然不在乎别人的感受。当指点的人出于好心时，是最棘手的。

他们是善意的，也是武断的。父母看到孩子过早谈恋爱就如临大敌，可是工作之后又怕嫁不掉，恨不得代为相亲。

他们心中有那么一个奇怪的时间表：什么时候应该做什么事情。可是感情始终是我们自己的，谁也安排不了。

但是那些牵扯了亲情的羁绊和束缚，我们不能不理会，要用耐心和理性去让在乎我们的他们放心：你看，我选择的这个生活其实很好，我能照顾自己，虽然和你们给我设想的那个人生不一样，但是这是我的人生。

年轻人在成长的路上，偶尔心乱，不要紧，被情所困，也不要紧。谁还没有心乱如麻的时候？谁还没有为爱神魂颠倒的时候？度过这几道坎，就会回归平静。一生很长，心乱就如威风吹过，不必放在心上。

我们都一样，羡慕那些随心所欲的人。其实我们也可以，因为年轻输得起。

二十多岁一无所有的我们，其实最有力量去拯救社会。比起更多人，我们早已经在伤痕累累的路上懂得，其实真正的成功，并不是拥有什么，而是这一段段路我们曾用心走过，留下了属于自己的感动和故事。

高考的时候，认真做过习题；工作的时候，在岗位里付出自己的贡献；下班后，做无关紧要的小事却温暖了陌生人；恋爱中，关爱对方，共同成长；在家里，懂得感恩，经常沟通与陪伴。

也许，我们并不能成为历史里“揭竿而起”的革命者，但至少，我们还有能力去持续地做些事，让世界变得更好一点点，夜晚就一定睡得很安稳，早晨伴着闹钟也就有了万分动力。

那些温暖而可爱的青春小事，就是成功。愿我们快乐、自由，想起自己年龄的时候，会感谢岁月给我们的一切。无论何时，年华都盛开。（佚名）

图书在版编目(CIP)数据

小碎步也可以光芒万丈 / 沈诺夕主编. —北京：现代出版社，2016.4

ISBN 978-7-5143-4394-6

Ⅰ. ①小… Ⅱ. ①沈… Ⅲ. ①散文集-中国-当代 Ⅳ. ①I267

中国版本图书馆 CIP 数据核字（2016）第 039300 号

小碎步也可以光芒万丈

编　　者　沈诺夕
责任编辑　赵海燕
出版发行　现代出版社
通讯地址　北京市安定门外安华里 504 号
邮政编码　100011
电　　话　010-64267325　64245264（传真）
网　　址　www.1980xd.com
电子邮箱　xiandai@vip.sina.com
印　　刷　长春吉广控股有限公司
开　　本　787×1092　1/32
印　　张　7.5
版　　次　2016 年 4 月第 1 版　2016 年 4 月第 1 次印刷
书　　号　ISBN 978-7-5143-4394-6
定　　价　32.80 元